王尔德喜剧集

温夫人的扇子

[英]奥斯卡·王尔德　著

余光中　译

LADY
WINDERMERE'S FAN

深圳出版社

版权登记号　　图字：19-2024-150号
本书译文由台北九歌出版社有限公司授权出版，
经北京玉流文化传播有限责任公司代理

图书在版编目（CIP）数据

温夫人的扇子 / （英）奥斯卡·王尔德著 ；余光中
译. -- 深圳 : 深圳出版社，2024.12
（王尔德喜剧集）
ISBN 978-7-5507-4014-3

Ⅰ. ①温… Ⅱ. ①奥… ②余… Ⅲ. ①喜剧－剧本－
英国－近代 Ⅳ. ①I561.34

中国国家版本馆CIP数据核字(2024)第076489号

温夫人的扇子
WENFUREN DE SHANZI

出 品 人　聂雄前
责任编辑　简　洁
责任校对　熊　星
责任技编　郑　欢
插　　画　狐桃-Q
封面设计　日食

出版发行　深圳出版社
地　　址　深圳市彩田南路海天综合大厦（518033）
网　　址　www.htph.com.cn
订购电话　0755-83460239（邮购、团购）
设计制作　深圳市龙瀚文化传播有限公司 0755-33133493
印　　刷　雅昌文化（集团）有限公司
开　　本　787mm×1092mm　1/32
印　　张　6.25
字　　数　71千
版　　次　2024年12月第1版
印　　次　2024年12月第1次
定　　价　60.00元

作者简介

奥斯卡·王尔德（Oscar Wilde，1854—1900），出生于爱尔兰的都柏林，是 19 世纪英国最伟大的作家与艺术家之一，以其剧作、诗歌、童话和小说闻名，唯美主义代表人物，19 世纪 80 年代美学运动的主力和 90 年代颓废派运动的先驱。主要作品有小说《道林·格雷的画像》、童话《快乐王子》、戏剧《温夫人的扇子》《不要紧的女人》《理想丈夫》《不可儿戏》《莎乐美》等。

译者简介

余光中（1928—2017），当代著名作家、诗人、学者、翻译家。代表作有《白玉苦瓜》（诗集）、《记忆像铁轨一样长》（散文集）及《分水岭上：余光中评论文集》（评论集）等。诗作《乡愁》《乡愁四韵》、散文《听听那冷雨》《我的四个假想敌》等被广泛收录于语文课本。

余光中除了从事诗歌、散文的创作，还翻译了很多其他文体的作品，其中包括王尔德的四部喜剧。他的四部王尔德喜剧译作——《不可儿戏》《理想丈夫》《不要紧的女人》和《温夫人的扇子》是目前文学界的重要译本。

反常合道之为道

——《王尔德喜剧全集》总序

　　王尔德匆匆四十六年的一生，盛极而衰，方登事业的颠峰，忽堕恶运的谷底，令人震惊而感叹。他去世迄今已逾百年，但生前天花乱坠的妙言警句，我们仍然引用不绝，久而难忘。我始终不能决定他是否伟大的作家，可否与莎士比亚、狄更斯、巴尔扎克、托尔斯泰相提并论，但可以肯定，像他这样的锦心绣口，出人意外，也实在百年罕见。

　　一八五四年，奥斯卡·王尔德生于都柏林，父亲威廉是名医，母亲艾吉简（Jane Francisca Elgee）是诗人，一生鼓吹爱尔兰独立。他毕业于都柏林三圣学院后，又进入牛津大学的马德琳学院，表现出众，不但获得纽迪盖特诗歌奖①，还受颁古典文学一等荣誉。前辈名家如罗斯金与佩特都对他颇有启发。

王尔德尚未有专著出版，便以特立独行成为唯美派的健将，不但穿着天鹅绒外套，衬以红背心，下面则是及膝短裤，而且常佩向日葵或孔雀羽，吸金嘴纸烟，戴绿背甲虫的指环，施施然招摇过市。他对牛津的同学夸说，无论如何，他一定要成名，没有美名，也要骂名。他更声称："成名之道，端在过火。"（Nothing succeeds as excess.）

一个人喜欢语惊四座，还得才思敏捷才行。吹牛，往往沦为低级趣味。夸张而有文采，就是艺术了。王尔德曾说，他一生最长的罗曼史就是自恋。这句话的道理胜过弗洛伊德整本书。

---

① 原译为纽迪盖特诗奖。

我们听了，只觉得他坦白得真有勇气，天真得真是可爱，却难以断定，他究竟是在自负还是自嘲。他最有名的一句自夸，是出于访美要过海关，关员问他携有何物需要申报。他答以"什么都没有，除了天才"。这件事我不大相信。王尔德再自负，也不致如此轻狂吧？天才者，智慧财产也，竟要报关，岂不沦为行李？太物化了吧。换了我是关员，就忍不住回敬他一句："那也不值多少，免了吧！"

　　王尔德以后，敢讲这种大话的人，除了披头士的领队列侬①（John Lennon），恐怕没有第三人了。从一八九二年到一八九五年，王尔德的四部喜剧先后在伦敦上演，都很成功，一时之间，上自摄政王下至一般观众，都成了他的粉丝。伦敦的出租车司机都会口传他的名言妙语。不幸这时，他和贵家少年道格拉斯之间的同性

---

① 原译为蓝能。

恋情不知收敛，竟然引起绯闻，气得道格拉斯的父亲昆司布瑞侯爵当众称王尔德为“鸡奸佬”。王尔德盛怒之余，径向法院控告侯爵，又自恃辩才无碍，竟不雇请律师，亲自上庭慷慨陈词。但是在自辩过程中他却不慎落进对方的陷阱，露出自己败德的真相。同时他和道格拉斯之间的情书也落在市井无赖的手中，并据以敲诈赎金。王尔德不以为意，付了些许，并未清断。于是案情逆转，他反而变成被告，被判同性恋有罪，入狱苦役两年。喜剧大师自己的悲剧从此开始，知音与粉丝都弃他而去，他从聚光灯的焦点落入丑闻的地狱。他的家人，妻子和两个男孩，不得不改姓氏以避羞辱。他也不得不改姓名，遁世于巴黎。高蹈倜傥的唯美大师，成了同性恋者的首席烈士。

十九世纪的后半期，王尔德是一位全才的文学家，在一切文类中都各有贡献。首先，他是诗人，早年的作品上承浪漫主义的余波，并不怎么杰出，但是后期的《里丁监狱之歌》①（*The Ballad of Reading Gaol*），有自己坐牢的经验为印证，就踏实而深刻得多，所以常入选集。诗中所咏的死囚，原为皇家骑兵，后因妒忌杀妻而伏诛。

在童话方面，王尔德所著《快乐王子》与《石榴屋》，享誉迄今不衰。

小说方面，他的《朵连·格瑞之画像》（*The Picture of Dorian Gray*）②描写一位少年，生活荒唐却长葆青春，而其画像却日渐衰老，最后他杀了为他画像的画家，并刺穿画像。结果世人发现他自刺身亡，面部苍老不堪；画像经过修整，却恢复青春美仪。此书确为虚实交错之象征杰作，中译版本不少。

戏剧方面，在多种喜剧之外，王尔德另有

---

① 原译为《列丁狱中吟》。
② 大陆译为《道林·格雷的画像》。之后本书中再出现，以大陆译名为准。

一出悲剧《莎乐美》(*Salomé*)，用法文写成，并特请法国名伶伯恩哈特(Sara Bernhardt)去伦敦排练，却因剧情涉及圣徒而遭禁。所以此剧只能在巴黎上演；而在伦敦，只能等到王尔德身后。剧情是希萝迪亚丝弃前夫而改嫁犹太的希律王，先知施洗约翰反对所为，被囚处死。希萝迪亚丝和前夫所生女儿莎乐美，在希律王生日庆典上献演七重面纱之舞，并要求以银盘盛先知断头，且就吻死者之唇。这真是集死亡与情欲之惊悚悲剧，正投合王尔德的病态美学："成名之道，端在过火。"

最后谈到王尔德这四部喜剧。最早译出的是《不可儿戏》，在香港。其他三部则是在高雄定居后译出的。每一部喜剧的译本都有我的自序，甚至后记，不用我在此再加赘述。在这篇总序里我只拟归纳出这四部喜剧共有的特色。

首先，这些喜剧嘲讽的对象，都是英国的贵族，所谓"上流社会"。到了十九世纪后半期，英国已经扩充成了大英帝国，上流社会坐享其成，一切劳动全赖所谓"下层社会"，却以门第自豪，看不起受薪阶级。这些贵族大都闲得要命，只有每年五月，在所谓社交季节，才似乎忙了起来，也不过忙于交际，主要是择偶，或是寻找女婿、媳妇，或是借机敲诈，或是攀附权势，其间手腕犬牙交错，令人眼花。

其次，这些喜剧在布局上都是传统技巧所谓的"善构剧"，剧情的进展要靠多次的巧合来牵引，而角色的安排要靠正派与反派、主角与闲角来对照互证。每部喜剧的气氛与节奏，又要依附在一个秘密四周，那秘密常是多年的隐私甚至丑闻。秘密未泄，只算败德，一旦揭开，就成丑闻。将泄未泄，欲盖弥彰之际，气氛最为紧张。关键全在这致命的秘密应该瞒谁，能瞒多久，而一旦揭晓，应该真相大白，和盘托出，还是半泄半瞒，都要靠高明的技巧。王尔德总是掌控有度，甚至接近落幕时还能翻空出奇，高潮迭起。

纸包不住火，火苗常由一个外客引起：《温夫人的扇子》由欧琳太太闯入；《不要紧的女人》由美国女孩海斯特发难，也可说是由私生子杰若带来；《理想丈夫》则由"捞女"敲诈而生波；《不可儿戏》略有变化，是因两位翩翩贵公子城乡互动，冒名求婚而虚实相生。如果没有这些花架支撑，不但剧情难展，而且，更重要的，王尔德无中生有、正话反说的隽言妙语，怎能分配到各别角色的口中成为台词？

这就讲到这些喜剧的最大特色了。唇枪舌剑，怪问迅答，天女散花，绝无冷场，对话，才是王尔德的看家本领，能够此起彼落，引爆笑声。他在各种文类之间左右逢源，固然多才多艺，而在戏台对话的文字趣克（verbal tricks）上也变化多端，层出不穷。从他的魔帽里他什么东西都变得出来：双关、双声、对仗、用典、夸张、反讽、翻案，和频频出现的矛盾语法（或称反常合道），令人应接不暇。他变的戏法，有时无中生有，有时令人扑一个空，总之先是一惊，继而一笑，终于哄堂。值得注意的是：惊人之语多出自反派角色之口，但正派角色的谈吐，四平八稳，反而无趣。

王尔德的锦心绣口，微言大义，历一百多年犹能令他的广大读者与观众惊喜甚至深思。阿根廷名作家博尔赫斯①（Jorge Luis Borges）在《论王尔德》一文中就引过他的逆转妙语："那张英国脸，只要一见后，就再也记不起来。"博尔赫斯论文，眼光独到，罕见溢美。他把王尔德归入塞缪尔·约翰逊②（Samuel Johnson）、伏尔泰一等的理趣大师，倒正合吾意，因为我一向觉得王尔德"理胜于情"。博尔赫斯又指出，这位唯美大师写的英文非但不雕琢堆砌，反而清畅单纯，绝少复杂冗赘的长句，而且用字精准，

① 原译为博而好思。
② 原译为约翰生。

近于福楼拜的"一字不易"(le mot juste)。这也
是我乐于翻译王尔德喜剧的一大原因。

余光中
二〇一三年九月于西子湾

一笑百年扇底风

——《温夫人的扇子》百年纪念

一

在西方的戏剧家里，王尔德不能算是伟大，但是像他那样下笔绝无冷场，出口绝无滥调的作家，却也罕见。王尔德的剧本，无论是在台上演出，或是在台下阅读，都引人入胜而欲罢不能。最可惊的，是他的四出喜剧、一出悲剧，不但全都在四年内完成，而且喜剧当年在伦敦首演，无不轰动。这样的风光当然也极少见。

同样可惊的，是王尔德的剧本都是乘他出外度假，在一个月内写成，而且人物的命名也就地取材。例如他的第一本喜剧《温夫人的扇子》[①]（*Lady Windermere's Fan*），主角的名字正是就地拈来，因为当时他正在英国北部湖区的温德米尔度假。

王尔德开始写剧本，是在一八九一年，已经三十七岁了。在此之前，他的才情只见于诗集、童话、小说，如果就此搁笔，他的成就也有限了。幸好那年，杰出而年轻的演员亚历山大（George Alexander）刚接任圣杰姆斯剧院的经理，需要新的剧本。他认为王尔德出口成章，下笔成趣，妙语不绝，是写喜剧的无上人选，竟然押宝似的，预付了王尔德一百镑的版税，请他写一出"现代喜剧"。王尔德欣然接受，却懒洋洋地拖了好几个月。他对于当代的剧作家全瞧不上眼，曾说皮奈罗（Arthur Pinero）的某剧是他"从头睡到尾的最佳剧本"，又说

---

① 原译为《温德米尔夫人的扇子》。

"写剧本有三个信条。第一条是不要写得像琼斯（Henry Arthur Jones）；第二条跟第三条也是如此"。所以他必须亲自出手来示范一下。于是那年秋天他把《温夫人的扇子》交卷给亚历山大。

一读之下，亚历山大立刻断定这出戏会叫座，愿出一千英镑买下剧本。不料王尔德却答道："我对你高明的判断深具信心，亲爱的亚历克，所以你慷慨的出价我不得不拒绝。"他的自信并未落空，因为单单是初演就赚了七千镑版税。

一八九二年二月二十日，距今恰恰一百年前，《温夫人的扇子》在伦敦圣杰姆斯剧院初演，即由亚历山大自演温德米尔勋爵，玛莲·泰莉（Marion Terry）演温夫人，轰动了剧坛。自从谢里丹的喜剧杰作《造谣学校》以降，一百二十年间，英国的剧坛上没有一出戏可与匹敌。戏一落幕，观众就高呼要作者谢幕，彩声不绝①。王尔德指间夹着香烟，笑容满面地出现在台上，对观众说道：

> 各位女士，各位先生：今晚我"非常"高兴。演员们把一出"可爱"的戏演得这么"动人"，而你们看戏的表现也"极为"内行。我祝贺你们的演出"十分"成功，简直令我相信，你们对这出戏的评价"几乎"跟我的一样高②。

这么自负的话，观众在兴奋之余照样欣然接受。不过剧评家却大不高兴，纷纷予以恶评。也许王尔德早就得罪过他们了，因为谣传有一次有人对王尔德说，剧评家都可以花钱买通的，他的回答是："也许你说得没错。但是凭他们的样子，大半都不会怎么贵吧。"

王尔德的新戏成了伦敦的新话题，戏中的

---

① 原译为采声不绝。
② 原译为一样子高。

警句也到处被引。他对人说："比起《温夫人的扇子》的作者来，也许还有更聪明的人，果真如此，可惜我还没有遇到一位。"又有人问他，上演的情况如何，他说："好极了，听说每晚都有皇亲国戚没票进场。"

这时正是王尔德的颠峰时期，温夫人热还未退，他已经写好另一本剧，一本用法文写的独幕悲剧，叫《莎乐美》。法国的当红名伶莎拉·伯恩哈特（Sara Bernhardt）读了剧本，十分欣赏，表示愿演女主角，却不幸因为此剧涉及《圣经》人物，竟遭官方禁演，直到王尔德死后三十一年，英文译本才在伦敦演出。

但是其他的三出喜剧，依次是《不要紧的女人》《理想丈夫》《不可儿戏》，却在三年内陆续首演，无不叫座。等到最后的一出《不可儿戏》在一八九五年的情人节（二月十四日，圣瓦伦丁节①）首演时，《理想丈夫》已经在另一戏院续演了一个多月。这种盛况对任何剧作家来说，恐怕都是可遇而不可求，应在自负的王尔德身上，可以想见有多顾盼自雄了。《不可儿戏》当日的盛况与传后的地位，我在自己中译本的序言《一跤绊到逻辑外》里已有记述，兹不再赘。至于《理想丈夫》，在皇家戏院首演之夜也风靡了观众，威尔斯亲王在剧终更向王尔德道贺。因为戏长四小时，王尔德表示要删去数景，亲王连忙说："求求你，一个字也不要删。"

二

王尔德的喜剧上承康格利夫与谢里丹，都是讥刺上流社会的所谓"讽世喜剧"（comedy of manners），其中的场景多在贵族之家，地点多

---

① 原译为圣范伦丁日。

在伦敦或其近郊，时间多在社交季节，亦即初夏，人物当然多属上流社会，事件则当然是绅士淑女之间的恩怨，金童玉女之间的追逐，轻松的不过虚荣受损，严重的却是名节蒙羞，衣香鬓影与俐齿伶牙往往掩饰着败德与阴谋。

若是以为王尔德意在劝善规过，移风易俗，那又错了。道学家，是他最不屑担当的角色。他最着力挖苦的，毋宁正是道学家的嘴脸：假道学固不必说了，就算是真道学吧，也每每失之于苛严、刻板、不近人情。是非之别，正邪之分，不是王尔德所关心，因为这种分别往往似是而非。他所关心的，却是真诚与虚伪，自然与造作，倜傥潇洒与迂腐拘泥。

王尔德喜剧中的人物非愚即诬，罕见天真与诚实的角色。他是一位天生的讽刺家，对一切的价值都表示怀疑，所以他的冷嘲热讽对各色人等一视同仁。许多单向的讽刺家立场鲜明，目标固定，似乎敢恨敢爱，是非判然，极终的真理已经在握，到头来其实是为某一种人、某一政党、某一教派、某一阶级在发言。王尔德的讽刺却是多元而多向的：他的连珠妙语、翻案奇论固然十九都命中上流社会的虚妄，但是回过头来，他也不会轻易放过下层社会的弱点。同样地，上一句他刚挖苦过婚外的变态，下一句笔锋一转，又会揶揄夫妇的正规；上一段刚消遣过外国人，下一段劲球反弹，又会打中自己的同胞。这才是真正的讽刺家，以人性为对象，而不是革命家、宣传家，以某一种人为箭靶。

《温夫人的扇子》是王尔德的第一本喜剧，所探讨的主题是上流社会的定义，说得具体一点，便是淑女与荡妇之别。王尔德的答案是：难以区别。要做淑女或荡妇，往往取决于一念之差。未经考验的淑女，也许就是潜在的荡妇。众口相传的荡妇，却未必是真正的荡妇。换一句话说，天真的女人不一定好，世故的女人也不一定坏。同时，未经世故的女人习于顺境，反而苛以待人；而饱经世故的女人深谙逆境，反而宽以处世。在《温夫人的扇子》里，母女两人都陷入了这种"道德暧昧之境"（moral ambiguity）。

温夫人的母亲二十年前抛弃了丈夫和女婴，随情人私奔，不久又被情人所弃。二十年后，她得悉女儿嫁入了富贵人家，便立意把握机会，回到上流社会。她用自己的秘密威胁温大人，勒索到一笔财富，又因温大人的牵引，得以在自己的寓所招待体面人士，渐渐回到上流社会。她的最终目的，是在温夫人二十一岁的生日舞会上正式露面，十分风光地成为名媛。她，便是阅尽沧桑的欧琳太太。

这一切，身为女儿的温夫人全不知情，反而怀疑是温大人有了外遇，委屈与愤恨之余，竟然接受达林顿的追求，就在生日舞会的当晚，出走私奔。幸有欧琳太太苦口婆心，及时劝止，而未铸成大错。同时在紧要关头，幸有欧琳太太巧为掩饰，才保全了她的名节。至此，做女儿的对这位"坏女人"的印象才全面改观，因此对自己身为"好女人"的信心，也起了怀疑。这件事发生在温夫人成年的生日，改变了她对别人和自己的评价，使她终于成熟。

第一幕里的温夫人，还是一位天真纯洁的淑女，且以名教的维护者自许。达林顿追求她，调以游辞，她对达林顿说："我是有几分清教徒的气质。我就是这样子给带大的，幸而如此。在我很小的时候，母亲就去世了。我一直是由大姑妈茱丽雅小姐带的，你知道。她对我很严，但是也教会了我人人都忘了的一样东西，那便是，如何分辨是非。'她'不容妥协。'我'也绝不通融。"

当晚的生日舞会，温大人希望邀请欧琳太太参加，温夫人断然拒绝。温大人再三为她求情，温夫人不为所动，而且高傲地说："不准你把这女人跟我相提并论。这简直是雅俗不分。"

到了第三幕，温夫人面对自己的生母而全

然不知，只当仍是面对"坏女人"欧琳太太，径斥她道："你这样的女人根本没良心。你根本没有心肝。你跟别人只有买卖。"

凡此语调，都显示温夫人的道德优越感，和对于正邪之分的自信。不料自己婚姻受挫，情急私奔，濒临身败名裂之际，却要靠这么一个俗气的"坏女人"来及时劝告，并委曲保全。然则淑女与荡妇之间，真的是截然可分吗？温夫人私奔达林顿的单身寓所，仓皇之间躲入帷后，却把扇子留在沙发上，被宾客发现。若非"坏女人"欧琳太太挺身而出，承认是自己在舞会上误取来的，温夫人就完了。然则淑女与荡妇之分，不在有没有做过坏事，而在有没有人知道吗？

所以到了第四幕，温夫人对于正邪判然的二分法，不再信心十足地坚持。以前是她丈夫为欧琳太太求情，而她大义凛然，绝不通融。现在却轮到她来为欧琳太太辩护了，她反省说：

"我恨不得在自己家里当众羞辱她。而她，为了救我，却在别人的家里当众承担羞辱。万事万物，都隐含辛酸的讽刺，世俗所谓的好女人和坏女人，正是如此……""现在我可不相信，能把人分成善恶，俨然像两种不同的种族或是生物。所谓好女人，也可能隐藏着可怕的东西，诸如轻率、武断、妒忌、犯罪之类的疯狂心情。而所谓坏女人呢，心底也会有悲伤、忏悔、怜悯、牺牲。"

三

王尔德是一位天生的讽刺家，一位嘲弄世俗笑傲名教的诛心论者。大凡讽刺家，都是反面的道德家，对于劝善规过、奖善惩恶之类并无多大兴趣，倒是在善恶之间的模棱地带，对于一些似是而非的美德，也就是伪善，既敏于识破，亦勇于揭穿。不过王尔德之不凡，在于他不但是一位讽刺家，同时还是一位唯美主义者，下笔讽刺的时候，也要讲究风格，留下美感。一位唯美的讽刺家在出剑的时候，当会避免血污溅身，甚至留下的伤口也干净利落，形象动人。所以欣赏王尔德的讽刺，与其看他在讽刺谁，不如看他怎样讽刺。

王尔德的四部喜剧，始于《温夫人的扇子》而终于《不可儿戏》。到了《不可儿戏》，他已经完全抛开了道德，甚至不理会主题，至于情节，也只留下了无可再简的架子，维持精彩对话的借口而已。但是在《温夫人的扇子》里，他还是有点拘泥于道德的主题，未能放手去驰骋想象，经营妙语，像《不可儿戏》那样天马行空。

论者指出，王尔德习于翻案文章，不宜正面立论，所以他在刻画不纯真的人物时，艺术表现最为纯真，可是每当他剧中罕见的纯真人物滔滔自白时，其艺术表现却有点虚假的调子。按之《温夫人的扇子》，正是如此。其实，正如王尔德的其他喜剧，此剧的佳胜不在主题，而在对话。锦心绣口如王尔德，有了事件穿针引线，只要把自己说过的妙语隽言，左右逢源地分配给他的人物，自然就舌剑唇枪，针锋相对，听众如在山阴道上，也就应接不暇了。

早在《温夫人的扇子》里，匪夷所思的警句已频频出现于对白，不但当场激发观众的笑声，而且日后广被引述，终于把上下文完全摆脱，成为一切名言辞典争录的摘句，引述之频，与蒙田、培根分庭抗礼。单凭这一点，就说明王尔德的才情，传后率有多高了。

《温夫人的扇子》传后的警句没有《不可儿戏》那么多，因为起初王尔德还没有完全抛开道德的包袱，笔下的人物总还有几分正经，而警句呢，四平八稳的正经人是说不出的。到了《不可儿戏》，王尔德才浑然忘我，练成了逻辑不侵道德不役的自由之身，笔下的人物无一正经，于是以反为正、弄假成真的妙语乃如天女散花，缤纷而下。

《温夫人的扇子》里，有名的妙语警句也都是出于不正经的角色，所谓反派之口。其中最有名的一句，大概就是达林顿勋爵之言："什么东西我都能抵抗，除了诱惑。"这句话当然还有上下文，可是因为说得干脆又俏皮，所以单独摘出，仍然自给自足。其实达林顿还有一句话同样精彩，却比前句少人引用；且容我连同上下文一并录出。达林顿对温夫人说："好人在世上坏处可大了。无可怀疑，好人的最大坏处，是把坏人抬举得无比严重。把人分成好的跟坏的，本来就荒谬。人嘛只有可爱跟讨厌的两类。我是拥护可爱的这一边的，而你呢，温夫人，身不由己是可爱的一边。"

柏维克公爵夫人也是一位怪论滔滔的角色，凭着她的身份^①与辈分，她当然可以口没遮拦。

---

① 原译为身分。

她对温夫人埋怨自己的家人，说起"我的儿子啊下流得离谱"。温夫人说："男人'个个'都坏吗？"她答道："哦，个个一样，亲爱的温夫人，个个一样，绝无例外。而且绝无起色。男人啊愈变愈老，绝对不会愈变愈好。"接着她又骂到丈夫，说他婚后不到一年，"已经在追求各式各样的裙子了，什么花色、什么款式、什么料子的都追"。

第三幕的后半场，众绅士随达林顿回到他的单身寓所，仓皇之间，温夫人隐身幔后，欧琳太太躲进邻室。在这紧要关头，王尔德却把情节悬而不决，让几个男人逞舌纵论一番。果然，口出妙语的都是不正经的人物，却没有温德米尔的份，因为他太正经了。最有名的一段是这样的：达林顿听众绅士大发骇世惊俗的议论，不禁骂道："你们这批犬儒派的家伙！"格瑞安问："犬儒派是怎么一回事啊？"达林顿答："这种人什么东西都知道价钱，可是没一样东西知道价值。"格瑞安接口："而伤感派呢……什么东西都看得出荒谬的价值，可是没一样东西知道市价。"

达林顿答话的原文是 A man who knows the price of everything and the value of nothing. 典型的译者，公式的译法，大概是"知道一切东西的价格却不知道任何东西的价值的一个人"。这种译法不但冗长，而且生硬，演员说起来也很难上口。王尔德笔下的对白如果都如此硬译，就不成其为王尔德了。因此我译《温夫人的扇子》，不仅是为读者，更是为演员与观众，正如以前我译《不可儿戏》一样。

四

对白当然是王尔德喜剧的灵魂，不过王尔德之为喜剧家，当然还有其他的能耐，剧名标出的扇子即其一端。

这把扇子是温德米尔送给夫人的生日礼物，象征着丈夫的恩情。不料外遇的阴影忽然袭来，温夫人在盛怒之下，警告丈夫说，如果那女人竟敢来参加舞会，她就要挥扇痛击。这么一来，礼物就变成武器了。等到欧琳太太出现，温夫人先是抓起扇子，旋又任其落地，却由达林顿拾起，再递给她。其中的含意繁富而且微妙：先是武器并未使用，然后是丈夫的爱情落了空，那爱之象征却被别的男人接过手去，又被怨妇接过手来。不久温夫人幔后隐身，把扇子留在沙发上，被众绅士发现，竟使丈夫蒙羞，同时也连累了欧琳太太。于是香扇又沦为羞耻的标记了。第二天早上，欧琳太太把扇子奉还，并且乘机要求温夫人以扇相赠。至此扇子又添了新的意义：在温夫人眼里它象征了欧琳太太相救之恩，但在欧琳太太眼里，它却成了女儿的纪念、母爱的寄托。扇之为用大矣哉。

戏剧而有秘密，往往是情节发展的关键，

也就是经营悬宕的利器。可是对于剧中人物，谁有秘密，谁知道秘密，谁不知道秘密，都必须巧为安排。至于何时泄密，只泄漏给观众吗，还是也泄漏给剧中的某一人物，却是舞台技巧的一大考虑。欧琳太太正是温夫人的母亲，这一点，除了做母亲的自己知道之外，做女儿的始终不知道，其他人物也都茫然。只有温德米尔勋爵是例外，因为这件事正是做母亲的向女婿勒索的依据。

这天大的秘密已经守了二十年之久，却在女儿生日的晚上造成了第二个秘密：那便是温夫人私奔达林顿的私寓。这件事只有欧琳太太知情，其他的人，甚至她自己的丈夫，全都不知。

除了欧琳太太掌握一切秘密之外，剧中人物均有所蔽，而以追求欧琳太太的奥古斯都勋爵为尤甚。前述的两大秘密，温德米尔夫妇都"只知其一，不知其二"。奥古斯都却毫无所知。

王尔德最爱瞒人了，连台下的观众千目炯炯，也要看到第二幕快结束才恍然大悟。

如果秘密是悬崖，则剧作家把不知情的剧中人，或是知情的台下人，三番四次地推向悬崖边上，就产生了高潮。

坏女人是谁？戏一开场这疑问，亦即秘密的面具，就推向观众。温夫人翻开丈夫的存款簿，发现了丈夫的秘密，但并未揭开其后更大的、自己身世的秘密。发现表面的秘密，徒然升高悬宕感而已。

第二幕中欧琳太太出场，造成一大高潮。但这女人究竟是谁呢，仍是一大秘密。这秘密要到第二幕终她自己喃喃窃语时，才为观众揭开，但稍揭而未大开，犹未真相大白。

第三幕中，表面是纯然男性的私聚，不料暗处正竖着女性的耳朵。奥古斯都坦承爱慕欧琳太太，没想到她正在门后窃听。达林顿暗示爱的是他人之妻，更未料到温夫人在幔后。男人在亮处，女人在暗里，只有达林顿是半明半暗，这微妙的情况，正逗乐观众发会心的微笑，香扇忽然变成危机的焦点，掀起又一高潮。至此观众心情也一变，成为担心泄密。但突起的危机被突现的欧琳太太一句话就化解了。紧接着就落幕，高潮停格，剧力强劲。

第四幕的母女别，比起第三幕的扇子风波来，只能算是高潮的下坡，但浪花飞溅之势仍颇有可观。泄密的危机始终不断。温夫人心中孺慕的母亲，与眼前真实的母亲，形成截然相反的对比，这透明的间隔脆如玻璃，随时会片片破裂。同时温夫人淑女的形象，也未必包得下荡妇的阴影，随时有泄底的可能。她的丈夫几乎要吐出母女的秘密，她自己几乎要供出私奔的隐情，两度到了悬崖边上。最后，送罢欧琳太太回来，天真的奥古斯都竟说："她把一切都解释清楚了。"这真是令众人大吃一惊：尤其是温氏夫妇，丈夫以为母女之情已泄，妻子则以为私奔之情已漏，幸好只是一场虚惊。结果是一切秘密都没有泄漏，一切名誉都没有损伤，温夫人有惊无险，欧琳太太重回上流社会的计划完全成功。那坏女人，不，那聪明的女人，不但赢得了财富，恢复了地位，嫁到了丈夫，而且拯救了女儿，唤回了母性，连那把风情无限的扇子，都被她飘然带走了。

那把扇子在危急的关头，只有她出面认领，所以欧琳太太才是扇子的主人，也才是这出喜剧的主角。我回头去看作者，襟佩绿色康乃馨的王尔德，笑得十分蒙娜丽莎，不置可否。

一九九二年端午于西子湾

目 录

本剧人物

温德米尔勋爵（即温大人或亚瑟）

达林顿勋爵（即达大人）

奥古斯都·罗敦勋爵（即奥大人）

赛西尔·格瑞安先生

邓比先生

霍波先生（即詹姆斯）

派克（管家）

温德米尔夫人（即温夫人或玛格丽特）

柏维克公爵夫人（即柏夫人）

阿佳莎·卡莱尔小姐

普灵黛夫人（即普夫人或洛娜）

贾德保夫人（即贾夫人或凯罗玲姑妈）

史徒非夫人（即史夫人）

古伯·古伯太太（即古太太）

欧琳太太

罗莎莉（女仆）

本剧布景

剧中的情节始于星期二下午五时，终于次日下午一时三十分，不出二十四小时。

第一幕

THE FIRST ACT

布　景：卞尔登坡道，温德米尔勋爵独栋屋的起居室。
正中与右方各有一门。台右书桌上放着书报。
台左有沙发，配以小茶几。台左落地窗外是
露台。台右有桌。温德米尔夫人站在台右的
餐桌旁，把玫瑰插进蓝色的花钵。派克上。

派　克：夫人您今天下午会客吗？

温夫人：会呀——是谁来了？

派　克：夫人，是达林顿大人。

温夫人：（略为迟疑）带他上来吧——谁来我都
接见的。

派　克：是，夫人。

（从中门下。）

温夫人：乘今晚舞会之前见他，最好。好在他
来了。

（派克由中门上。）

派　克：达大人到。

　　　　（达林顿勋爵由中门上。派克下。）

达大人：温夫人，您好！

温夫人：达大人，您好！不行，我不能跟你握
　　　　手。弄这些玫瑰，手全湿了。好漂亮的
　　　　花啊！今早刚从赛尔比送来的。

达大人：美极了。（看见桌上有一把扇子）好漂
　　　　亮的扇子！我可以看看吗？

温夫人：请吧。是漂亮啊！上面还有我的名字
　　　　呢，应有尽有啊。我自己也刚才见到。
　　　　是我丈夫送我的生日礼物。今天是我的
　　　　生日，你知道吗？

达大人：不知道，真的呀？

温夫人：真的，今天我成年了。是我一生很重要
　　　　的日子，对吧？所以我今晚要开舞会
　　　　呀。坐下来吧。（继续插花。）

达大人：（坐下）温夫人，早知道是你的生日就
　　　　好了。我就会在你门前把整条街都铺满

鲜花，让你走在花上。花呢天生是为你
开的。（稍顿。）

温夫人：达大人，昨晚在外交部我真是气你。只
　　　　怕你今晚又要惹我生气了。

达大人：我，温夫人？

　　　　（派克领仆人端托盘与茶具由中门上。）

温夫人：放在那儿，派克。行了。（用手帕擦
　　　　手，走向台左茶几，坐下）坐过来吧，
　　　　达大人。

　　　　（派克由中门下。）

达大人：（端椅走到台左中央）温夫人，我好惨
　　　　啊。你得告诉我，昨晚我怎么啦？（坐
　　　　在台左茶几旁。）

温夫人：哪，一整晚你天花乱坠，向我献不完的
　　　　殷勤。

达大人：（微笑）啊，这年头大家都闹穷。唯一
　　　　可献的好东西"只有"殷勤了。只剩下
　　　　殷勤啊才"献得起"啰。

温夫人：（摇头）不是的，我是说正经话。你不准笑，我可是当真的。我不喜欢恭维，我也不明白，为什么男人以为，凭他满嘴有口无心的废话，就能大讨女人的欢心。

达大人：哦，我可是有心的。（接过她递来的茶。）

温夫人：（肃然）我希望你不是。达大人，我不愿意跟你争吵。我很喜欢你，你也知道。不过，要是我认为你跟许多男人也一样，就再也不喜欢你了。相信我吧，你比大多数的男人都好，我有时候还认为你假装比他们更坏呢。

达大人：我们都不免有点虚荣的，温夫人。

温夫人：为什么你的虚荣特别，是在装坏呢？（仍坐在台左的桌旁。）

达大人：（仍坐在台左的中央）哦，这年头混在上流社会装好人的狂徒太多了，我倒认为，谁要是装坏人，反而显得脾气随和，性格谦虚。此外还有一点。要是你装好人，人人都把你当真。要是你装坏人呢，谁也不会相信。这正是乐观主义可惊的愚蠢。

温夫人：那你难道不"希望"大家都把你当真吗，达大人？

达大人：才不呢，我不管大家。哪些人是大家当真的呢？从主教一直数到讨厌鬼，凡我们想得起的笨蛋都是。我要的是"你"把我当真，芸芸众生最要紧是"你"。

温夫人：为什么——为什么要我？

达大人：（犹豫了一下）因为我认为我们可以成为好朋友。让我们做好朋友吧。有朝一日你也许用得着朋友。

温夫人：你说这话是什么意思？

达大人：哦！——总有时候我们要靠朋友的。

温夫人：我认为我们已经是好朋友了，达大人。我们可以永远做好朋友，只要你不——

达大人：不什么？

温夫人：不要尽对我说些想入非非的傻话，糟蹋了这份友谊。大概你认为我是清教徒吧？不错，我是有几分清教徒的气质。我就是这样子给带大的，幸而如此。在我很小的时候，母亲就去世了。我一直是由大姑妈茱丽雅小姐带的，你知道。她对我很严，但是也教会了我人人都忘了的一样东西，那便是，如何分辨是非。"她"不容妥协。"我"也绝不通融。

达大人：我的好温夫人！

温夫人：（靠在沙发上）你只当我是赶不上时代了——哼，我是的呀！我才不稀罕跟这样的时代为伍呢。

达大人：你认为我们这时代很糟吗？

温夫人：对。这年头大家似乎把人生当做了投机。人生不是投机，而是圣典。人生的理想是爱。人生的净化要靠牺牲。

达大人：（微笑）哦，无论做什么，都比做牺牲
品好吧！

温夫人：（向前探身）别这么说。

达大人：我偏要说。这是我的感受——我的
心得。

（派克由中门上。）

派　克：仆人在问，夫人，今晚露台上要不要铺
地毯？

温夫人：达大人，你认为今晚会下雨吗？

达大人：你过生日，我不准天下雨。

温夫人：派克，叫他们马上动手。

（派克由中门下。）

达大人：（仍然坐着）那么我要问你——当然，
我只是假定有这么一个例子——我要
问你，如果有一对年轻夫妇，婚后大约
两年吧，要是那丈夫突然亲近一个女
人——唉，一个不清不白的女人——

时常去看她，跟她一起午餐，说不定还
供她的生活费用——我要问你，做妻
子的难道不该自我安慰吗？

温夫人：（皱眉）自我安慰？

达大人：是呀，我认为她应该——我认为她有
权这么做。

温夫人：就因为丈夫下流——妻子也应该下
流吗？

达大人：下流这字眼太可怕了，温夫人。

温夫人：下流的勾当才可怕呢，达大人。

达大人：你知道吗，我担心的是，好人在世上坏
处可大了。无可怀疑，好人的最大坏
处，是把坏人抬举得无比严重。把人分
成好的跟坏的，本来就荒谬。人嘛只有
可爱跟讨厌的两类。我是拥护可爱的这
一边的，而你呢，温夫人，身不由己是
可爱的一边。

温夫人：好了，达大人，（起身走向台右，在他

面前）你别动，我只要把花插完。（走
到台右中央桌旁。）

达大人：（起身搬椅）恕我直说，温夫人，我认
为你对现代生活太严厉了。当然了，我
也承认，现代生活很令人不满。譬如
说吧，这年头呀好多女人都有点唯利
是图。

温夫人：别提这种人了。

达大人：嗯，好吧，唯利是图的人当然不堪，不
说也罢；可是你当真认为女人要是犯了
一般人所谓的过失，就绝不该饶恕吗？

温夫人：（站在桌前）我是认为绝对不该。

达大人：那么男人呢？你认为女人该守的那套戒
律，男人也应该守吗？

温夫人：当然了！

达大人：我觉得人生太复杂了，不能用这一套死
板的规矩来解决。

温夫人：要是我们真用了“这一套死板的规

矩"，就会觉得人生啊单纯得多了。

达大人：你不准有例外吗？

温夫人：谁也不能例外！

达大人：啊，你这迷人的清教徒，温夫人！

温夫人：达大人，这形容词大可不必。

达大人：我是情不自禁。什么东西我都能抵抗，
除了诱惑。

温夫人：你这是学现代人冒充软弱。

达大人：（注视着她）只是冒充而已，温夫人。

（派克由中门上。）

派　克：柏维克公爵夫人和阿佳莎小姐到。

（柏维克公爵夫人和阿佳莎小姐由中
门上。）

（派克由中门下。）

柏夫人：（走到台中央，握手）亲爱的玛格丽特，
真高兴见到你。你还记得阿佳莎吧？
（走到台左中央）你好吗，达大人？我
不会把女儿介绍给你的，你太坏了。

达大人：别这么说，公爵夫人。做坏人嘛我是完全不成功。哪，好多人说，我这一辈子就没有真正做过一件坏事。当然了，他们也只是背着我这么说。

柏夫人：你听他多可怕。阿佳莎，这是达林顿大人。你要小心，他的话啊一句也别信他的。（达林顿勋爵走到台右中央）不用了，我不喝茶，谢谢你。（走过去，坐在沙发上）我们刚才在马克贝夫人家喝过茶。也有那样的粗茶，简直喝不下去。这也难怪。供茶的是她自己的女婿。阿佳莎一心一意在等候今晚的大舞会呢，玛格丽特。

温夫人：（坐在台左中央）哦，公爵夫人，千万别以为是个大舞会。不过是为了庆祝我的生日，跳一场舞罢了。规模又小，时间又早。

达大人：（站在台左中央）非常小，非常早，也

非常挑，公爵夫人。

柏夫人：（坐在台左沙发上）当然要精挑细选。玛格丽特呀，"府上"怎么"讲究"，我们都很明白。不但能让我带阿佳莎上门，还让我对柏维克绝对放心，像府上这样的世家伦敦实在也不多了。我不懂上流社会是怎么搞的。那一帮穷凶极恶的家伙好像是无孔不入。我家的宴会他们当然也不放过 —— 要是不请他们，那些做丈夫的还会大不高兴呢。说真的，总得有人来抵制才行。

温夫人："我"就会，公爵夫人。谁要是沾上什么臭名，就休想进我的门。

达大人：（台右中央）哦，温夫人，别这么说。否则我就再也进不来了！（坐下。）

柏夫人：哦，男人不算。女人就不同了。我们是正派的，至少有好些是正派。可是人家硬把我们往角落里挤。要不是我们偶尔也数落丈夫，只为了提醒他们，这么唠叨完全是我们合法的权利，做丈夫的呀真会忘了还有我们这种人了。

达大人：婚姻这种游戏，公爵夫人，也真奇怪——打一个岔，这玩意儿快过时了——太太手里拿着整副王牌，却总是输掉最后的变局。

柏夫人：最后的变局？你是说丈夫吗，达大人？

达大人：拿来称呼现代的丈夫，也不错呀。

柏夫人：我的好达大人，你真是无可救药！

温夫人：达大人总是不正不经。

达大人：哦，别这么说，温夫人。

温夫人：那你"讨论"人生为什么这么不正不经呢？

达大人：因为我认为人生太严重了，不可能正正经经来讨论。（走到台中央。）

柏夫人：他说些什么呀？达大人，请你体谅我生性鲁钝，把你真正的意思说明一下。

达大人：（走到桌后）我想还是不说明的好，公
　　　　爵夫人。这年头啊话说清楚了就会被人
　　　　看穿。再见！（与公爵夫人握手）对
　　　　了——（走到戏台后方）温夫人，再
　　　　见。今晚我可以来吗？让我来吧。

温夫人：（与达大人对立在戏台后方）当然欢迎。
　　　　不过不许你对人家尽说些骗人的蠢话。

达大人：（微笑）啊，你开始在改造我了。温夫
　　　　人，无论改造谁，都是件冒险的事。
　　　　（鞠躬，由中门下。）

柏夫人：（早已起立，此时走到台中央）好迷人
　　　　的坏人啊！我真是喜欢他。谢天谢地他
　　　　走了！你好漂亮啊！你这件连身长裙在
　　　　哪里"买"的呀？现在，玛格丽特，我
　　　　必须跟你说，我真为你难过。（走向沙
　　　　发，和温夫人同坐）阿佳莎，乖女儿！

阿佳莎：在这儿，妈妈。（起身。）

柏夫人：我看见那边有本照相簿，你过去翻看

好吗?

阿佳莎：是，妈妈。（走到台左的桌前。）

柏夫人：乖女孩！她最爱看瑞士的风景照了。好纯的嗜好啊，我说。可是玛格丽特啊，我真为你难过。

温夫人：（微笑）为什么，公爵夫人?

柏夫人：全为那可怕的女人呀。偏偏她又穿得那么讲究，就更糟了，简直树立了坏榜样。奥古斯都——你认识的，我那声名狼藉的兄弟——害死我们家了——唉，奥古斯都完全给她迷住了。真是太丢人了，因为她根本混不进上流社会。许多女人都有一段往事，可是我听说她至少有一打，而且听说都拼得起来。

温夫人：你在说谁呀，公爵夫人?

柏夫人：我在说欧琳太太。

温夫人：欧琳太太? 从来没听说过，公爵夫人。她跟我又"有"什么关系呢?

柏夫人：可怜的孩子！阿佳莎，乖女儿！

阿佳莎：在这儿哪，妈妈。

柏夫人：你出去露台上看落日好吗？

阿佳莎：是，妈妈。（由台左落地窗下。）

柏夫人：乖女孩！最崇拜落日了！可见感情好细
腻啊，对吧？说来说去，有什么比得上
大自然呢？

温夫人：是怎么一回事呢，公爵夫人呀？你对我
提这个人做什么？

柏夫人：你当真不晓得吗？我敢说，为这件事大
家都很难过。就是昨晚在约翰逊夫人家
里，大家都还说这件事太离奇了，伦敦
的男人那么多，偏就是温德米尔做出这
种事来。

温夫人：我的丈夫 ——"他"跟那种女人有什
么关系？

柏夫人：啊，有什么关系，我的好夫人？问题就
在这儿了。他老是去看她，一留就是几

个钟头，而只要是他去了，无论有谁上门，那女人都不见客。倒不是有多少名媛淑女去拜访她，而是她有一大批声名狼藉的男客——尤其是我这个兄弟，我刚才告诉过你的——温德米尔牵涉在里面，就显得很不堪了。我们以前只当"他"是理想的丈夫，可是这件事只怕是千真万确了。我的乖侄女们——你认识沙维尔家的女孩吧？好乖的闺女啊——相貌平庸、平庸得要命，可是真乖——嗯，她们总是守在窗口刺绣，又为贫民缝些粗俗的东西；在这种可怕的社会主义的时代呢，我还觉得这也算是有益的事了。而这个可怕的女人呢在克仁街租了一栋房子，就在她们对门——偏偏是这么一条体面的大街！真不知道怎么会弄到这种地步！沙维尔家的女孩告诉我说，温德米尔每星期去

四五次 —— 她们"亲眼"看见的。根本就无法避人耳目啊 —— 虽然这些女孩从不蜚短流长，她们哪 —— 唉，也真难怪 —— 她们还是逢人便说。最糟的是，我还听说这女人拿了人家一大笔钱，因为六个月前她来伦敦的时候，好像还身无长物，而现在她在五月市场却有了这栋漂亮的房子，每天下午还坐着她的小马车逛海德公园，而这一切 —— 唉，这一切 —— 都从她认识可怜的温德米尔开始。

温夫人：哦，我不相信！

柏夫人：这可是千真万确，亲爱的。全伦敦都知道了。所以我觉得应该来告诉你，劝你立刻带温德米尔出国，去洪堡或者艾克斯都行，好让他散散心，你也好整天守住他呀。我不骗你，亲爱的温夫人，当初我新婚不久，有好几次都不得不假装病得很重，连最难喝的矿泉水也要勉强喝下，只为逼柏维克大人离开伦敦。他这个人啊最容易上当了。不过我倒要说，他从来不会送人家一大把钱。他太守原则了，不会做这种事的！

温夫人：（打断她的话）公爵夫人，公爵夫人，不可能的！（起身走到台中央）我们才结婚两年，孩子才六个月大呢。（坐在台左小茶几右侧的椅子上。）

柏夫人：啊，那漂亮的乖宝贝！那小宝贝怎么啦？是男孩还是女孩？希望是个女孩——啊，不对，我记起来了，是个男孩！真是遗憾啊。男孩子坏透了。我的儿子啊下流得离谱。你不会相信他回家有多晚。离开牛津才几个月呢——真不懂学校是怎么教的。

温夫人：男人"个个"都坏吗？

柏夫人：哦，个个一样，亲爱的温夫人，个个一样，绝无例外。而且绝无起色。男人啊愈变愈老，绝对不会愈变愈好。

温夫人：温德米尔跟我是相爱而结婚的。

柏夫人：是呀，起头都是那样的。要不是柏维克蛮不讲理，一直用自杀来吓唬我，我才不会答应他呢，结果一年还不到，他已经在追求各式各样的裙子了，什么花色、什么款式、什么料子的都追。其实啊，连蜜月还没度完，我已经逮到他在向女仆挤眉弄眼的了，还是个清白的漂亮小姐呢。我立刻把她辞了，连一封推荐信都不给她 —— 不对，我记得是把她打发给我的姐姐了；可怜那乔治爵士是个大近视眼，我只当不会出事的。结果还是出了 —— 真是遗憾。（起身）好了，好孩子，我得走了，我跟柏维克要在外面吃饭。记住，温德米尔这一点胡闹，也不必太摆在心上。只要带他出国去，他就会乖乖回到你身边。

温夫人：回到我身边？（在台中央。）

柏夫人：（在台左中央）是啊，这些坏女人抢走
　　　　了我们的丈夫，可是他们总是会回来
　　　　的，略受损伤自然难免。你可别大吵大
　　　　闹，男人最恨你那样了。

温夫人：多谢你，公爵夫人，把一切都来告诉
　　　　我。可是我还是不相信我丈夫会骗我。

柏夫人：好孩子！我以前也跟你一样。现在我
　　　　明白了，男人个个是魔鬼。（温夫人拉
　　　　铃）唯一的办法，是把这些坏蛋喂饱肚
　　　　子。好厨子妙用无穷，我知道府上有的
　　　　是。我的好玛格丽特，你不会哭吧？

温夫人：你别担心，公爵夫人，我从不哭的。

柏夫人：这就对了，好孩子。哭，是庸脂俗粉的
　　　　避难所，却是美人的致命伤。阿佳莎，
　　　　小宝贝！

阿佳莎：（由左门上）来了，妈妈。（站在台左

中央茶几的背后。)

柏夫人：过来对温夫人说再见吧，也谢谢人家
热情招待。（折回台前）对了，还得
谢谢你送了请帖给霍波先生——就是
澳洲来的那个富家子弟，现在正是众
所瞩目。他父亲靠卖罐头食品发了大
财——我相信这种食品非常可口——
我想，仆人们永远不肯吃的，正是这
种东西。可是这个当儿子的却非常有
趣。我想阿佳莎俏皮的谈吐已经使他动
心了。当然了，阿佳莎走了，我们会很
难过，可是我认为做母亲的，要不是每
一个社交季节都送走一个女儿的话，就
谈不上真正的母爱了。我们今晚再来，
温夫人。（派克推开中门）记住我的忠
告，尽快把那可怜人带出城去，这是唯
一的办法。又说声再见了；走吧，阿
佳莎。

（公爵夫人带阿佳莎小姐由中门下。）

温夫人：太可怕了！我现在才明白，刚才达大人说假定有一对夫妻，结婚还不到两年，是什么意思了。哦！不会是真的——她说一大笔一大笔的钱付给了这女人。我知道亚瑟把他的存款簿放在什么地方——就在那书桌的一个抽屉里。可以去翻翻看。"就去"翻一下。（拉开抽屉）不，这件事荒唐透顶。（起身走到台中央）造谣中伤，不值一笑！他爱的是"我"！他爱的是"我"！可是我为什么不该看呢？我是他的妻子，我有权看！（回到书桌前，取出存款簿逐页查看，笑了起来，放心地叹一口气）我早就知道！这故事莫名其妙，没有一句当真。（把存款簿放回抽屉。忽然一惊，取出另一本来）又是一本——机密的——锁了的！（想要打开，却打

不开。瞥见桌上的裁纸刀，取来裁开
封面。看到第一页就连连吃惊）"欧琳
太太——六百镑——欧琳太太——
七百镑——欧琳太太——四百镑。"
哦！果然如此！太可怕了。（把存款簿
扔在地上。）

（温德米尔勋爵由中门上。）

温大人：喂，亲爱的，扇子送来了没有？（走到
台右中央。瞥见存款簿）玛格丽特，你
把我的存款簿切开了。你没有权利这么
做呀！

温夫人：拆穿了你的秘密，你认为我不该吗？

温大人：我认为做妻子的不该侦探丈夫。

温夫人：我才没有侦探你呢。一直到半小时以
前，我根本还不知道有这么一个女人。
是有人可怜我，把全伦敦的人都早就知
道的事情，好心告诉了我——说你每
天去克仁街，说你鬼迷心窍，把大把

的钱花在这下流女人的身上！（走到台左。）

温大人：玛格丽特！不要把欧琳太太说成这样子，你不知道这有多不公平！

温夫人：（转身向他）你倒真在乎欧琳太太的面子。希望你也能顾惜我的面子。

温大人：你的面子秋毫无损，玛格丽特。你总不会认为——（把存款簿放回抽屉。）

温夫人：我认为你的钱花得莫名其妙。如此而已。哦，别以为我在乎那笔钱。就我而言，我们所有的家当你都可以花光。我"真正"在乎的倒是你，你爱过了我，也教过我怎样来爱你，现在竟然丢掉了献给你的爱情，而捧起了卖给你的爱情。哦，真是可怕！（坐在沙发上）结果是我感到可耻，而"你"呢无动于衷！我只觉得脏，脏极了。你根本不懂，过去这六个月在我此刻的感觉里，

变得多么不堪——你给我的每一个吻，
在回忆里都变脏了。

温大人：（走向她）别这么说，玛格丽特。世界
之大，除你之外我从未爱过别人。

温夫人：（站起）那这个女人是谁呢？你为什么
帮她租了一栋房子？

温大人：我并没有帮她租房子。

温夫人：你给她钱去租，还不是一样。

温大人：玛格丽特，我认识欧琳太太——

温夫人：有没有欧琳先生这个人呢？——还是
鬼话连篇吧？

温大人：她的丈夫死了好多年了。只留下她一
个人。

温夫人：没有亲戚吗？（稍停。）

温大人：一个也没有。

温夫人：真是奇怪啊？（走到台左。）

温大人：（台左中央）玛格丽特，我刚才正跟
你说，我求你听我说——就我所知，

　　　　欧琳太太是个正派女人。要不是多

　　　　年前 ——

温夫人：哦！（走到台右中央）我可不要听她一

　　　　生的细节！

温大人：（在台中央）我也不打算对你详述她的

　　　　一生。只想简单地告诉你 —— 欧琳太

　　　　太也曾经有人景仰、有人爱惜、有人尊

　　　　重。她出身好，有地位 —— 后来都丧

　　　　失了 —— 也许可以说，都抛弃了。这

　　　　就更加痛苦。灾祸，一个人还可以忍

　　　　受，因为灾祸是外来的，是意外。可

　　　　是犯了错误而要自作自受 —— 啊！就

　　　　是生命的创伤了。那也是二十年前的事

　　　　了。当时她不过是一个女孩子。她做妻

　　　　子的时间甚至还不如你长。

温夫人：我才不管她呢 —— 还有 —— 不准你把

　　　　这女人跟我相提并论。这简直是雅俗不

　　　　分。（坐在书桌右边。）

温大人：玛格丽特，你倒可以挽救这个女人。她想要回到上流社会来，所以需要你帮助。（走向她。）

温夫人：我！

温大人：对，是你。

温夫人：好大的胆子！（稍停。）

温大人：玛格丽特，我原本就是来求你帮个大忙的，尽管你发现了我不愿让你知道的事情，就是我给了欧琳太太一大笔钱，我还是要求你帮忙。我要你把今晚舞会的请帖送一张给她。（站在她左边。）

温夫人：你疯了！（起身。）

温大人：我求求你。大家可能说她的闲话，当然了，已经在说她闲话，可是谁也不知道到底她有什么不对。她也去过几个人家——不是你会去的那种人家，我承认，可是她去过的人家，这年头所谓的"上流社会"的女人也都肯去。她觉得那样还不够。她希望你能接待她一次。

温夫人：表明她胜利了，是吗？

温大人：不是的，只是因为她知道你心肠好——而且只要能进我们家一次，她的日子就会比现在更好过、更踏实。她不会得寸进尺来跟你攀交情的。难道你不肯帮一个女人恢复身份吗？

温夫人：不行！一个女人真要悔改的话，那么往日毁了她或是眼看她毁了的那个社会，她才不想投回去呢。

温大人：求求你。

温夫人：（走向右门）我要去换晚礼服准备晚餐了，今晚不要再提这件事了。亚瑟，（走向他，到台中央）你以为我无父无母、无依无靠，就可以对我为所欲为。你错了，我还有朋友呢，许多朋友。

温大人：（在台左中央）玛格丽特，你这是胡言乱语。我不跟你辩，可是你今晚一定得邀请欧琳太太。

温夫人：（在台右中央）我绝对不干。（走到台
　　　　左中央。）

温大人：你真的不肯？（在台中央。）

温夫人：绝对不肯！

温大人：哦，玛格丽特，看在我的份上，请她
　　　　吧；这是她最后的机会了。

温夫人：那跟我有什么关系？

温大人：好女人的心肠好硬啊！

温夫人：坏男人的骨头好软啊！

温大人：玛格丽特，也许我们做男人的没有一个
　　　　配得上我们所娶的女人 —— 一点也不
　　　　假 —— 可是你总不会以为我竟然 ——
　　　　哦，这念头简直不堪！

温夫人：为什么"你"应该跟别的男人不同呢？
　　　　我听说在伦敦，做丈夫的难得有一个不
　　　　把生命浪费在"某种"畸情怪恋上。

温大人：我可不是这种人。

温夫人：我可不敢确定。

温大人：你心里是确定的。可是不要把我们的裂
　　　　缝愈拉愈大吧。天晓得就这么一二十分
　　　　钟，我们的隔阂已经够深了。坐下来写
　　　　请帖吧。

温夫人：谁都休想来劝我。

温大人：（走到书桌前）那我来写。（按电铃，
　　　　坐下，写请帖。）

温夫人：你真要请这个女人吗？（走向他。）

温大人：对。

　　　　（稍停。派克上。）

温大人：派克！

派　克：来了，老爷。（向前走来，到台左
　　　　中央。）

温大人：派人把这请帖送去克仁街八十四号之
　　　　A，给欧琳太太。（走到台左中央，交
　　　　信给派克）不等回信。

　　　　（派克由中门下。）

温夫人：亚瑟，要是那女人上门来，我一定羞
　　　　辱她。

温大人：玛格丽特，别这么说。

温夫人：我说真的。

温大人：宝宝，你要是真这样，全伦敦没有一个
　　　　女人不为你可惜。

温夫人：全伦敦没有一个好女人不为我喝彩。我
　　　　们一向太姑息了，必须杀鸡儆猴，就从
　　　　今晚开始吧。（拾起扇子）正好，今天
　　　　你送我这把扇子，是给我的生日礼物。
　　　　那女人要是跨进我家大门，我就用扇子
　　　　抽她的脸。

温大人：玛格丽特，你不可以这样。

温夫人：那你太不了解我了！（走向台右。）

　　　　（派克上。）

温夫人：派克！

派　克：来了，夫人。

温夫人：我要在自己房里用餐。其实，我不想吃

饭。十点半以前，一切务必准备妥当。
还有，派克，今晚你一定要把来宾的
姓名报得一清二楚。有时候你说话太快
了，我都跟不上。为了不出错，我特别
要把姓名听清楚。你懂了吧，派克？

派　　克：懂了，夫人。

温夫人：你下去吧！

　　　　（派克由中门下。）

温夫人：（对温大人说）亚瑟，要是那女人上门
　　　　来——我警告你——

温大人：玛格丽特，你这样会毁了我们！

温夫人：我们！从现在起，我的命跟你的互不相
　　　　干。你要是不想当众出丑，就立刻写信
　　　　给这个女人，告诉她，我不准她上门！

温大人：我不要——我不能——她一定得来！

温夫人：那，我说得出来，就做得出来。（走向
　　　　台右）是给你逼出来的。（由右门下。）

温大人：（在背后喊她）玛格丽特！玛格丽特！

（稍停）天哪！怎么办呢？我不敢告诉她这女人究竟是谁。这种羞耻她只怕受不了。（颓然坐倒在椅上，双手掩面。）

 幕 落

第二幕

THE SECOND ACT

布　景：温德米尔勋爵宅第的客厅。右上方有门通入
　　　　舞厅，可闻乐队演奏。来宾正由左方的门进
　　　　来。左上方的门敞向灯火辉煌的露台。棕榈、
　　　　鲜花，亮灯。宾客满堂。温夫人亲自接待。

柏夫人：（在中央后方）真奇怪，温大人不在场。
　　　　霍波先生也这么晚到。阿佳莎，你把五
　　　　次舞曲都留给他了吧？（走向前台。）

阿佳莎：是啊，妈妈。

柏夫人：（坐在沙发上）把你的登记卡给我看一
　　　　下。真高兴温夫人恢复了登记卡 ——
　　　　这样嘛做母亲的才放心。你这个天真的
　　　　小东西！（勾掉两个名字）好女孩绝对
　　　　不可以跟年纪更轻的小男孩跳华尔兹！
　　　　这种舞看起来太快了！最后两支舞你不
　　　　如跟霍波先生去露台上休息。

（邓比先生与普灵黛夫人由舞厅入。）

阿佳莎：是，妈妈。

柏夫人：（挥扇）外面的空气真好。

派　克：古伯太太。史徒非夫人。劳斯敦爵士。
巴克礼先生。

（众人依通报先后鱼贯而入。）

邓　比：你好，史徒非夫人。这恐怕是社交季最
后的舞会了吧？

史夫人：是吧，邓比先生。这一季过得很愉快，
对吧？

邓　比：愉快极了！你好，公爵夫人。这恐怕是
社交季最后的舞会了吧？

柏夫人：是吧，邓比先生。这一季过得很无聊，
对吧？

邓　比：无聊透了！无聊透了！

古太太：你好，邓比先生。这恐怕是社交季最后
的舞会了吧？

邓　比：哦，不见得。也许还有两场吧。（踱回

普灵黛夫人身边。)

派　克：卢福德先生。贾德保夫人与格瑞安小姐。霍波先生。

（众人依通报先后鱼贯而入。）

霍　波：您好吗，温夫人？您好吗，公爵夫人？

（对阿佳莎小姐鞠躬。）

柏夫人：霍先生，你真好，这么早就到了。谁不晓得你在伦敦是供不应求。

霍　波：好地方，伦敦！伦敦的社会还不像悉尼① 那么讲究身份。

柏夫人：啊！谁不知道你的身价，霍波先生。像你这样的人啊要是更多，就好了，生活就好过得多了。你知道吗，霍波先生，阿佳莎跟我对澳洲都很有兴趣。可爱的小袋鼠满地飞跑，那地方一定美极了。阿佳莎已经在地图上找到那地方。那形

---

① 原译为雪梨。

状好奇怪啊！就像只大货箱。不过，那
是个很年轻的国家吧？

霍　波：要论开天辟地，公爵夫人，还不是跟其
他国家同时吗？

柏夫人：霍波先生，你真聪明。你的聪明与众不
同。不过我不该霸占你了。

霍　波：公爵夫人，我倒想请阿佳莎小姐跳舞。

柏夫人：嗯，"希望"她还留下一支舞。阿佳
莎，你还剩一支舞吗？

阿佳莎：是啊，妈妈。

柏夫人：就是下一支吗？

阿佳莎：是啊，妈妈。

霍　波：可以赏脸吗？（阿佳莎点头。）

柏夫人：霍波先生，你可得好好照顾我家这小碎
嘴子。

（阿佳莎小姐与霍波先生步入舞厅。）

（温德米尔勋爵由台左上。）

温大人：玛格丽特，我有话跟你说。

温夫人：等一下。（音乐停止。）

派　　克：奥古斯都勋爵到。

　　　　　（奥古斯都勋爵上。）

奥大人：你好，温夫人。

柏夫人：詹姆斯爵士，带我过去舞厅好吗？奥大
　　　　人刚跟我家吃过晚饭。暂时呢我已经吃
　　　　不消亲爱的奥古斯都了。

　　　　　（赖斯敦爵士由公爵夫人挽臂，带她入
　　　　舞厅。）

派　　克：包登先生与太太。贝司礼勋爵与夫人。
　　　　达林顿勋爵。

　　　　　（众人依通报先后鱼贯而入。）

奥大人：（走到温大人面前）特别有话要跟你说，
　　　　好小子。我简直累得半死。看来不像，
　　　　我知道。什么男人都看不出真相来的。
　　　　该死的，也是件好事呀。我只要知道这
　　　　一点：她是谁？从哪儿来的呀？为什么
　　　　一个该死的亲戚都没有呢？讨厌得要

命，五亲六戚！可是该死的面子嘛还缺
不得这一批人。

温大人：我猜你是在说欧琳太太吧？我也是六
个月前才见到她的。以前根本没听人
说过。

奥大人：后来你就常跟她见面了。

温大人：（冷然）不错，后来我就常跟她见面了。
刚才还见过呢。

奥大人：要命了！那些女人都骂她啊。今晚我才
在阿蕾贝拉家吃饭！天哪！你该听听她
是怎么讲欧琳太太的。她真把人家讲得
赤裸裸的……（私语）柏维克跟我对
她说，那有什么关系，那位太太的身材
想必苗条得很呢。你真该看看阿蕾贝拉
当时的表情！……可是，听我说，好
小子。我真不知道拿欧琳太太怎么办。
该死的！我可以娶她的；她对我却是这
么要命的满不在乎。她又聪明得要命！

什么她都有解释。该死的！你，她也有

解释。她对你的解释呀有一大堆 ——

每次都不一样。

温大人：我跟欧琳太太的交情不需要解释。

奥大人：哼！算了吧，你听着，好小子。所谓

"上流社会"这种无聊的玩意儿，你认

为她真的混得进来？你会把她介绍给尊

夫人吗？不准你跟我要赖。你会这么

做吗？

温大人：欧琳太太今晚会来我这里。

奥大人：尊夫人送请帖给她了吗？

温大人：欧琳太太已经收到请帖了。

奥大人：那她没问题了，好小子。可是你为什么

早不告诉我呢？不就免得我担足了心，

外加该死的误会！

（阿佳莎小姐与霍波先生穿过戏台，由

左上方的门走去露台。）

派　克：格瑞安先生到！

（格瑞安先生上。）

格瑞安：（向温德米尔夫人鞠躬，走过她面前，和温德米尔勋爵握手）你好，亚瑟。你为什么不问我好呢？我喜欢大家向我问好。这样才显出人人都关怀我的健康。唉，今晚我一点儿也不舒服。刚才跟我的家人一起吃晚饭。真不懂，为什么自己的家人总是这么单调。我父亲一吃完饭就满口仁义道德。我跟他说，上了他这年纪，就该知道好歹。不过我的经验总是，人一上了年纪，正当知道好歹了，反而什么都不知道了。喂，老公羊，听说你又要结婚了；还只当这游戏你玩厌了呢。

奥大人：你太不正经了，好小子，太不正经了！

格瑞安：对了，老公羊，到底怎么回事儿？你是结婚两次离婚一次呢，还是离了两次结了一次？我说你是离了两次结了一次。

这样，听起来可信得多。

奥大人：我记性很坏，真是记不清了。（走向
台右。）

普夫人：温大人，我特别有件事要请教。

温大人：只怕——真对不起——我得去找我
内人。

普夫人：哦，你千万不可以。这年头啊做丈夫的
当众对妻子献殷勤，再危险不过了。大
家一定会想，两个人单独在一起的时
候，丈夫就会打老婆。凡是看来像幸福
的婚姻，就会引起大众的怀疑。可是，
吃晚餐的时候，我再告诉你是怎么回事
吧。（走向舞厅的门。）

温大人：（在台中央）玛格丽特，我"有"要紧
话跟你说。

温夫人：达大人，帮我拿着扇子好吗？谢谢你。
（走到台前来会他。）

温大人：（迎向她）玛格丽特，你在晚餐前说的

话，该不是真的吧？

温夫人：那女人今晚不准来这里。

温大人：欧琳太太会来的，要是你刺激了她或者伤害了她，就会为我们两人都招来羞耻和悲痛。别忘了！哦，玛格丽特！尽管相信我吧！做妻子的应该相信丈夫！

温夫人：（在台中央）相信丈夫的女人，伦敦到处都是。这种女人一眼就认出来了，因为表情十分不快乐。我才不做这种女人呢。（走向台后方）达大人，把扇子还给我好吗？谢谢……扇子这东西真有用，是吧？今晚我倒需要一个朋友，达大人，可没料到这么快就需要了。

达大人：温夫人！我是料到总有这么一天；可是为什么在今晚呢？

温大人：我"要"告诉她了。非告诉不可。万一闹了起来，就不堪设想。玛格丽特……

派　克：欧琳太太到！

（温德米尔勋爵吃了一惊。欧琳太太上，衣着十分优雅，仪态极其高贵。温德米尔夫人抓起扇子，旋又任其落地。她向欧琳太太冷然点头，欧琳太太亲切地点头回礼，并且雍容地步入房来。）

达大人：你的扇子掉了，温夫人。（拾扇，递给她。）

欧太太：（在台中央）又见面了，您好，温大人。你的好夫人真可爱！完全是图画中人！

温大人：（低声）你来得太冒险了！

欧太太：（微笑）这是我一生最明智的行动了。对了，今晚你得多多照顾。我怕的是女客。你得为我引见几位。男客嘛我总有办法应付。您好吗，奥大人？近来您完全把我冷落了。从昨天起就没再见到您。恐怕您变心了吧。大家都这么说。

奥大人：（在台右）说真的，欧琳太太，听我解释。

欧太太：（在台右中央）不行，我的好奥大人，你什么都解释不清。这正是您的一大可爱。

奥大人：啊！如果你觉得我可爱，欧琳太太——（两人谈了起来。温德米尔勋爵不安地绕室而行，观察欧琳太太。）

达大人：（对温夫人）你好苍白啊！

温夫人：懦弱的人总是苍白的。

达大人：你像要晕倒的样子。到外面露台去吧。

温夫人：好吧。（对派克）派克，叫人把我的披风拿出来。

欧太太：（走向她）温夫人，府上的露台灯光照得好美啊。令我想起罗马的杜利亚王府。

（温德米尔夫人冷然点头，偕达林顿勋爵离去。）

欧太太：哦，您好吗，格瑞安先生？那不是你的姑妈贾德保夫人吗？我倒很想认识她。

格瑞安：（迟疑而且困窘片刻之后）哦，只要你高兴，没问题。凯罗玲姑妈，让我来介绍欧琳太太。

欧太太：非常荣幸，贾德保夫人。（与她并坐在沙发上）令侄跟我很熟。我非常关怀他的政治前途。我认为他注定会飞黄腾达。他的思路像保守派，口吻却像急进派，这一点现在很有用。而且他口才出众。不过大家都知道，这方面他受谁的遗传。阿伦代勋爵昨天还在海德公园对我说，格瑞安先生的口才几乎可以比美他的姑妈。

贾夫人：（在台右）真多谢你这一番美言！（欧琳太太微笑，继续交谈。）

邓　比：（对格瑞安）是你把欧琳太太介绍给贾夫人的吗？

格瑞安：没办法，好小子。真是莫可奈何！那女人无论要你做什么，你就会做什么。怎么搞的，我也不知道。

邓　比：天哪，希望她别来找我说话！（踱向普
　　　　灵黛夫人。）

欧太太：（在台中央，对贾德保夫人）星期四
　　　　吗？非常荣幸。（起身，朗笑对温德米
　　　　尔勋爵说）真无聊，又不得不敷衍这
　　　　些当家的老夫人！可是她们就讲究这
　　　　一套！

普夫人：（对邓比先生）那位穿着漂亮的女人，
　　　　正跟温德米尔说话的，是谁呀？

邓　比：根本不认识！看来倒像精装本的法国风
　　　　流小说，专向英国市场来推销。

欧太太：原来那是可怜的邓比跟普灵黛夫人啊？
　　　　听说普夫人把他看得死紧。今晚他好像
　　　　不太想找我说话。我猜他是怕普夫人
　　　　吧。这种头发淡黄色的女人，脾气可真
　　　　坏。告诉你，温德米尔，我想先跟你
　　　　跳。（温德米尔勋爵咬唇，皱眉）这一

来，奥大人就会大吃醋！奥大人！（奥
古斯都勋爵走向台前）温大人一定要我
跟他先跳，既然他是主人，我推不掉。
你知道我是恨不得跟您跳的。

奥大人：（深深鞠躬）但愿你是真心话，欧琳
太太。

欧太太：您自己心里有数。我猜呢有人跟您跳一
辈子的舞都跳不厌。

奥大人：（用手按住自己的白色背心）哦，多谢，
多谢。名媛淑女，就你最讨人欢喜！

欧太太：说得太好了！又单纯、又诚恳！我就爱
听这种话。哪，您帮我拿着花。（挽着
温德米尔勋爵的手臂走向舞厅）啊，邓
比先生，您好吗？真抱歉，您一连光
临了三次，我都不在家。星期五来午
餐吧。

邓　比：（满不在乎）好极了！

　　　　（普灵黛夫人怒视着邓比先生。奥古斯

都勋爵持花，随欧琳太太与温德米尔勋
爵走进舞厅。）

普夫人：（对邓比先生）你这十足的大笨蛋！我
再也不相信你的话了！你为什么告诉我
你不认得她？你接二连三地去看人家，
是什么意思呀？不准你去那地方吃午
餐；这道理你总该懂吧？

邓　比：我的好洛娜，我才不想去呢！

普夫人：你还没告诉我她的名字呢！她是谁？

邓　比：（轻咳一声，抚顺头发）她是欧琳太太。

普夫人：那个女人！

邓　比：是啊，大家都这么称呼她的。

普夫人：真是妙啊！妙得不得了！我倒真要好
好看她一眼。（走到舞厅门口，向内张
望）我听人家谈她的事情，简直不堪。
他们说，她毁了倒霉的温德米尔。而温
夫人呢，一向做人最有分寸，却把她给
请了来！简直是滑稽透顶！也只有不折

不扣的好女人，才会做出不折不扣的笨
事情。星期五你得去她那里吃午饭！

邓　比：为什么？

普夫人：因为我要你带我丈夫一同去。他近来对
　　　　我太体贴了，简直把人烦死。哪，这女
　　　　人对他正好对症下药。只要这女人受得
　　　　了，他就会对人家大献殷勤，不会再来
　　　　烦我。相信我吧，这种女人最有用了。
　　　　别人的婚姻是靠她们来奠基的。

邓　比：你真是一个谜！

普夫人：（注视他）我倒希望"你"才是呢！

邓　比：我是呀——对我自己。世界上只有一
　　　　个人我真想看穿、看透，那就是我；可
　　　　是到目前我还看不出有什么头绪。

　　　　（两人走进舞厅，温德米尔夫人偕达林
　　　　顿勋爵从露台进来。）

温夫人：对呀。她找上门来简直荒唐，真受不
　　　　了。今天下午喝茶的时候你说些什么，

现在我明白了。当时你怎么不直说呢？
你早该直说的！

达大人：我不能！一个男人不能泄漏别的男人的
这种事情！可是当时我如果知道他会逼
你今晚邀请那女人，我想我就会告诉你
了。至少，这种羞辱你不必受了。

温夫人：我并没邀请她呀。是亚瑟坚持要她来
的 —— 不听我的哀求 —— 也不顾我的
权利。哦，我觉得这屋子已经不干净
了！她跟我丈夫就在我身边舞来舞去，
我觉得在场的女人都在笑我。凭什么我
要受这个罪？我把终身都交托给他。他
接受了 —— 享受了 —— 又糟蹋了！我
连自己都看不起；我没有勇气 —— 也
没有骨气！（坐在沙发上。）

达大人：如果我真了解你的话，我就知道，这样
对待你的男人，你不可能跟他住在一
起！你跟他在一起，会过怎样的日子

呢？你会觉得，从早到晚，无时无刻
他不在骗你。你会觉得，他的眼神是假
的，声音是假的，抚摸是假的，热情也
是假的。玩厌了别人，他会来找你；你
得安慰他。迷上了别人，他也会来找
你；你得取悦他。你势必成为他的面
具，遮住他的真相，或是他的披风，盖
住他的秘密。

温夫人：你说得对——你说得对极了。可是我
该向谁求救呢？你说你愿做我的朋友，
达大人——告诉我，我该怎么办？现
在，做我的朋友吧。

达大人：男女之间不可能发生友情。可以有狂
热、怨恨、崇拜、爱情，但是绝无友
情。我爱你——

温夫人：不要，不要！（起身。）

达大人：不错，我爱你！对我来说，你比世界上
任何东西都更可贵。你的丈夫给了你什

么呢？什么也没有。他把自己的一切都给了那该死的女人，而且把她硬带进你的社交圈子，你的家庭，当着大家的面来羞辱你。我呢把我的生命献给你——

温夫人：达大人！

达大人：我的生命——我全部的生命。你拿去吧，随你怎么办……我爱你——爱你，胜过爱任何生命。我一见到你就爱上你了，盲目地、崇拜地、疯狂地爱你！以前你不知道——现在你知道了！今晚就离开这屋子吧。我不想劝你说，大众并不重要，或者大众的议论，社会的舆论不重要。这些都非常重要，太重要了。可是有时候一个人也必须决定：究竟要把自己的生命活得充实、全面、彻底呢，还是虚假、浅薄、下流地混日子，听命于伪善的世界。现在正是

你的时机。决定吧！哦，我的爱人，决
定吧。

温夫人：（慢慢地退后，满眼惊惶地望着他）我
没有这勇气。

达大人：（跟上去）有的，你有这勇气。也许会
有六个月的痛苦，甚至羞耻，可是等到
你不再跟着他姓，等你改跟我姓的时
候，一切就解决了。玛格丽特，我的爱
人，总有一天做我的妻——是啊，我
的妻！你是明白人！现在你算什么呢？
本该是你的地位，那女人却占了去。
哦！走吧——走出这屋子，抬起头来，
唇上带着微笑，眼里带着勇敢。全伦
敦都会知道你这么做是为什么；谁会来责
怪你呢？谁也不会。就算有人责备，有
什么关系？是你错了吗？错在哪里呢？
一个男人为了无耻的女人而抛弃了妻
子，才是错了。一个女人受了丈夫羞

辱，还要跟着他，才是错了。你曾经说过，你做事情绝不妥协。那现在也别破例。你要勇敢！你要自主！

温夫人：我就是怕自己做主。让我想一下。让我等一等！我的丈夫或许会回心转意。（坐在沙发上。）

达大人：你还愿意把他收回来哪！你不是我指望的那种人。你跟别的女人一模一样：宁可忍受一切，也不敢面对大众的指责，而本来你就不屑大众的赞美。不出一个礼拜，你就会跟这女人同车逛海德公园。她会成为你家的常客——你的密友。而你甘愿忍受这一切，也不敢一刀就断了这荒谬的枷锁。你说得不错。你是没有勇气，一点也没有！

温夫人：啊，给我时间想一想。我不能立刻回答你。（紧张地摸了摸额头。）

达大人：不能立刻，那就作罢。

温夫人：（从沙发上起身）那，就罢了！（稍停。）

达大人：你真令我心碎！

温夫人：我的心早就碎了。（稍停。）

达大人：明天我离开英国。这是今生我看你的最后一眼了。你再也见不到我了。只有一刹那，我们的生命相遇——我们的心灵相交。以后再也不会相遇、相交了。永别了，玛格丽特。（下。）

温夫人：我的命好孤单啊！孤单得好可怕啊！

（乐声停止。柏维克公爵夫人偕贝司礼勋爵谈笑而入。其他宾客由舞厅进来。）

柏夫人：亲爱的玛格丽特，刚才我跟欧琳太太谈得很开心。真懊悔，今天下午不该向你数落她的。不用说，既然"你"请了她，她必然是规矩人。这女人真讨人欢喜，对人生也真有见地。还跟我说，她根本不赞成有人结两次婚，所以我觉得完全不用为苦命的奥古斯都担心。真想不通，为什么大家要说她坏话。都怪我那些讨厌的侄女——沙维尔家那些女孩——总是造谣中伤。不过洪堡呢你还是该去一趟，亲爱的，真的该去。这女人还是太动人了一点。可是阿佳莎哪儿去啦？哦，在那边呢。（阿佳莎小姐偕霍波先生经左上方入口自外面的露台进来）霍波先生，我非常、非常生你的气。你竟把阿佳莎带去外面的露台，她身体娇得很的。

霍　波：（在台左中央）公爵夫人，十分抱歉。我们本来只出去一下子，结果谈起天来了。

柏夫人：（在台中央）啊，谈你的宝贝澳洲吧？

霍　波：对啊！

柏夫人：阿佳莎，宝宝！（招她过来。）

阿佳莎：是的，妈妈！

柏夫人：（私语）霍波先生可曾明确地 ——

阿佳莎：是的，妈妈。

柏夫人：好孩子，你怎么回答他呢？

阿佳莎：是的，妈妈。

柏夫人：（慈爱地）小乖乖！你的话总是这么得
体。霍波先生！詹姆斯呀！阿佳莎已
经全告诉我了。你们两个人瞒得我好
紧啊。

霍　波：这么说，公爵夫人，您不反对我把阿佳
莎带去澳洲了吧？

柏夫人：（愤然）去澳洲？哦，别提那俗气的鬼
地方了。

霍　波：可是她说她愿意跟我去啊。

柏夫人：（峻然）阿佳莎，是你说的吗？

阿佳莎：是的，妈妈。

柏夫人：阿佳莎，你的话真是傻极了。我认为大
体上说来，住在格罗夫纳广场比较有益
健康。格罗夫纳广场虽也住了一大堆俗

气的人，至少总没有可怕的袋鼠跳来跳去呀。不过这一点可以明天再谈。詹姆斯，你可以带阿佳莎下去。不用说，你要来我家午餐，詹姆斯。一点半，不是两点。我相信，公爵会有几句话交代你。

霍　波：公爵夫人，我也希望能和公爵谈一谈。他到现在还不曾和我讲过一句话呢。

柏夫人：我想，明天你会发现他有一大堆话要交代你。（阿佳莎偕霍波先生下）好了，晚安，玛格丽特。亲爱的，恐怕这是古而又老的故事了。爱情呀——唉，不是一见钟情，而是社交季节临终的定情，其实呢更加令人满意。

温夫人：晚安，公爵夫人。

　　　　（柏维克公爵夫人挽贝司礼勋爵的手臂下。）

普夫人：我的好玛格丽特，一直跟你丈夫跳舞的

那个女人，好漂亮啊！要我是你，一定

大吃醋。她是你的好友吗？

温夫人：才不呢！

普夫人：真的呀？晚安，亲爱的。（望望邓比先

生，下。）

邓　比：这位年轻人霍波真没礼貌！

格瑞安：啊！霍波是一位江湖绅士，据我所知，

这是绅士里面最糟的一型。

邓　比：真是识大体的女人，这温夫人。做妻子

的大半都会反对欧琳太太上门来的，可

是温夫人有一种不平常的本领，叫做

常识。

格瑞安：还有，温德米尔知道，要显得清清白

白，莫过于冒冒失失。

邓　比：是呀，好个温德米尔，几乎赶上潮流

了。想不到他会这样。（对温夫人鞠

躬，下。）

贾夫人：晚安，温夫人。欧琳太太真是可爱！星

期四她来我家午餐，你也来好吗？我也
请了主教跟麦顿夫人。

温夫人：只怕我已经有约了，贾德保夫人。

贾夫人：真不巧。走吧，乖乖。（贾德保夫人偕
格瑞安小姐下。）

（欧琳太太偕温德米尔勋爵上。）

欧太太：真是迷人的舞会！好令人怀念从前的日
子啊。（坐在沙发上）我看哪上流社会
的傻瓜和从前一样多。真高兴发现一切
都没变！只有玛格丽特，她变得好漂亮
啊。上一次我见到她——二十年以前
了，她还是个丑丫头，裹着法兰绒。真
丑啊，不骗你。亲爱的公爵夫人！还有
那乖小姐阿佳莎！我就喜欢这一型的女
孩子！哦，说真的，温德米尔，要是我
做了那公爵夫人的弟媳妇——

温大人：（坐在她左边）可是你真会——？

（格瑞安先生偕其他宾客下。温德米尔

夫人带着鄙夷而又痛苦的表情注视着
欧琳太太和她的丈夫。两人未察觉她
在场。)

欧太太：是呀。说好了他明天十二点钟来看我！
今晚他本来就要求婚的。其实呢他已经
提了。他求婚就没有停过。可怜的奥古
斯都，你晓得的，一句话他老是说了又
说。真是坏习惯！不过我告诉他了，要
等明天才给他回答。当然我会答应的。
就做妻子而言，我会为他做一个贤慧的
妻子。奥大人有许多长处，幸而都露在
表面上，一个人的长处原该如此。当
然，这件事你必须帮我。

温大人：你该不会要我去鼓励奥大人吧？

欧太太：哦，不用！鼓励由我来。不过，温德
米尔，你会开给我一大笔协议费的，
对吧？

温大人：（皱眉）今晚你要找我谈的，就是这件

事吗？

欧太太：是呀。

温大人：（不耐烦的手势）我不要在这里谈。

欧太太：（笑出声来）那就去露台上谈吧。就连谈交易，也该有生动悦目的背景，不是吗，温德米尔？女人只要找对了背景，可以无往不利。

温大人：明天再谈不也行吗？

欧太太：不行；你想嘛，明天我就要答应他求婚了。我认为，假使我能够对他说，我有——哦，该怎么说呢——每年有两千镑，是一位远房表亲——或是第二任丈夫——或是诸如此类的远亲遗留给我的——假使能这么说，该是一个有利的条件。这一点可以加强吸引力，对吧？这是你恭维我的好机会，温德米尔。可是你不太会恭维人。恐怕玛格丽特也不鼓励你培养这种好习惯吧。这

是她的大错。等到男人不再说风流话，
他们也就不再想风流事了。可是说正
经的，你觉得两千镑如何？我想，两
千五百镑吧。在现代生活里，最重要的
是算宽一点。温德米尔，你不觉得这大
千世界趣味无穷吗？我倒觉得！

（偕温德米尔勋爵出去露台。舞厅里音
乐又起。）

温夫人：这个家我是再也待不下去了。有一个爱
　　　　我的男人，今晚要把他整个生命献给
　　　　我。我拒绝了。我真蠢。现在我要把我
　　　　的生命献给他了。我要把自己的命交给
　　　　他。我要投奔他！（披上披风，走到门
　　　　口，又走回头。坐在桌前写信，装入信
　　　　封，留在桌上）亚瑟从来没了解过我。
　　　　看到这封信，他就懂了。他的生命，现
　　　　在由他自己去安排了。我的呢，也按照
　　　　我自认最佳的正确方式处理了。是他，

撕破了婚姻的盟誓——不是我！我不
过打破了婚姻的牢笼。

（派克由台左上，越过客厅，走向台右
的舞厅。欧琳太太上。）

欧太太：温夫人在舞厅里吗？

派　克：夫人刚出去了。

欧太太：出去了？她不在露台上吗？

派　克：不在啊，太太。夫人刚才出门去了。

欧太太：（吃了一惊，面露不解的神情望着管家）
出门去了？

派　克：是的，太太——夫人吩咐我说，她留
了一封信在桌上给老爷。

欧太太：留了一封信给温大人？

派　克：是的，太太！

欧太太：谢谢你。（派克下。舞厅的乐声停止）
出门去了！还留下一封信给她丈夫！
（走到书桌前，对信注视。把信拿起又
放下，怕得发抖）不，不会的！不可

能！生命的悲剧不会像那样重演！哦，为什么我会有这可怕的念头呢？一生中我恨不得能忘掉的那一刻，为什么现在会记起来？生之悲剧真会重演吗？（拆信、读信，然后做一个痛苦的手势，坐倒在椅上）哦，好可怕啊！跟二十年前我给她父亲的留言，一模一样！为了那件事，我受的惩罚好惨啊！不，我的惩罚，我真正的惩罚是在今晚，在此刻！（仍坐在台右。）

（温德米尔勋爵由左上门入。）

温大人：你跟内人告辞了没有？（走到台中央。）

欧太太：（把信揉成一团）有啊。

温大人：她在哪里？

欧太太：她很累了。已经去睡了。说是她头痛。

温大人：我必须去找她。失陪了。

欧太太：（匆匆起身）哦，别去了！没什么严重。她只是太累了，没有别的。何况餐厅里还有客人呢。她要你代她向来宾道歉。

她说，不要去打扰她了。（失手落信）

她要我转告你。

温大人：（把信拾起）你东西掉了。

欧太太：哦，是呀，谢谢你，是我的。（伸手
接信。）

温大人：（仍盯着信）这不是我内人的笔迹吗？

欧太太：（连忙接信）是呀，是——给我的一个
地址。劳驾你吩咐仆人叫我的马车过
来，好吗？

温大人：好。（由台左下。）

欧太太：谢谢！怎么办呢？怎么办呢？我感到
心头有一股亲情在苏醒，以前从未有
过。这是为什么呢？女儿千万不能学母
亲——那太可怕了。该怎么救她呢？
该怎么救我的孩子呢？一刹那可以毁掉
一生。这道理，谁还能比我更明白呢？
温德米尔千万不可以留在家里，这一点

无比重要。（走到台左）可是该怎么办
呢？总得想个办法呀。啊！

（奥古斯都勋爵捧花由右上方的入
口上。）

奥大人：我的好欧琳太太，真害我心焦死了！求
了你那么久，还不可以给我个答复吗？

欧太太：奥大人，你听我说呀。你得立刻把温大
人带去你的俱乐部，而且把他守住，愈
久愈好。明白了吗？

奥大人：可是你又说过，希望我早睡早起呢！

欧太太：（不安地）照我的话去做吧。照我的话
去做。

奥大人：那怎么赏我呢？

欧太太：赏你？赏你？哦，明天再问我好了。可
是今晚别让温德米尔给溜了。万一给溜
了，我绝不原谅你，再也不跟你说话，
再也不理你了。记住，一定要把温德米
尔留在你俱乐部里，今晚不得让他回家

来。（由台左下。）

奥大人：哼，真是的，倒像已经当了她丈夫了。

我看是当定了。（大惑不解地随她下。）

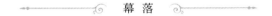

幕 落

第三幕

THE THIRD ACT

布　景：达林顿勋爵的套房。台右壁炉前有一张大沙
　　　　发。剧台后壁的落地窗拉上了窗幔。左右各
　　　　有一门。台右的桌上放置文具。台中央的桌
　　　　上有虹吸瓶、玻璃杯、酒瓶架。台左的桌上
　　　　有雪茄和烟盒。亮着灯光。

温夫人：（站在壁炉边）为什么他还不来呢？这
　　　　样等下去真是可怕。他应该在此地。为
　　　　什么他不在此地，用热情的词句来唤醒
　　　　我心中的火呢？我好冷啊——冷得像
　　　　没人爱的小东西。亚瑟此刻一定看到我
　　　　的信了。要是他关心我，早就来追我，
　　　　硬把我拉回去了。可是他不关心。他
　　　　早给这女人困住了——迷住了——霸
　　　　住了。女人想要抓紧男人的话，只需
　　　　要迎合他的下流就行了。我们把男人当

作神，他们却丢下了我们。别的女人把男人当作兽，男人却摇尾乞怜，忠心耿耿。人生是多么可怕啊！……哦！我竟跑来此地，简直是疯了，疯到底了。可是我想不通哪一样更糟，是任凭一个爱我的男人摆布，还是跟定一个竟然在自己家里羞辱了我的丈夫？哪一个女人想得通呢？世界之大，有哪个女人想得通呢？可是我准备托付终身的这个男人，他会永远爱我吗？我又能给他什么呢？嘴唇已经丧失欢悦的音调，眼睛已经被泪水淹没，双手发冷，心头结冰。我什么也不能给他呀。我一定要回去——不行，我不能回去，有那封信，我就落进他们的手里了——亚瑟是不肯收我回去的！那封要命的信！不行，达大人明天就离开英国了。我要跟他一起走——别无选择。（坐下来过了片

刻。又惊慌起身，披上披风）不，不
行！我还是要回去，任凭亚瑟怎么发落
吧。我不能在这里等下去。来这里，本
来就是发疯。我必须马上走。至于达大
人——哦，他来了！怎么办呢？该怎
么跟他说呢？他真的肯让我走吗？听说
男人都很野蛮，恐怖……哦！（以手
掩面。）

（欧琳太太由台左上。）

欧太太：温夫人！（温德米尔夫人吃了一惊，抬
　　　　起头来。然后鄙夷地退后）谢天谢地我
　　　　赶到了。你必须立刻回到你丈夫家去。

温夫人：必须？

欧太太：（发令一般）对呀，你必须回去！一刻
　　　　也不能耽误。达大人随时都会回来。

温夫人：不要靠近我！

欧太太：哦！你已经到毁灭的边缘了，你正站在
　　　　危险的悬崖边上。你必须立刻离开此

地，我的马车正在街角等着。你必须跟
我坐车直接回去。

（温夫人猛脱披风，摔在沙发上。）

欧太太：你这是为什么？

温夫人：欧琳太太 —— 要是你不来这里，我倒
可能回去。可是现在见到你了，我觉
得，世界上无论什么理由都休想再叫我
跟温大人住在同一个屋顶下。你令我满
心厌恶。你这一套令我心头 —— 火冒
千丈。我知道你来这里做什么。是我丈
夫派你来骗我回去，好做一道烟幕，来
掩盖你跟他之间的什么关系。

欧太太：哦！你总不会认为 —— 你不会的。

温夫人：回去找我丈夫吧，欧琳太太。他属于
你，不属于我。我猜他只是怕家丑外
扬。男人全都是懦夫。世界上什么法他
们都敢犯，却害怕人言可畏。不过他最
好有个准备啊。丑呢他是出定了。他出

的丑，这么多年伦敦都没人出过。他会见自己的名字登在每一张下流的报端，而我的名字写在每一块恐怖的告示牌上。

欧太太：不会的 —— 不会的 ——

温夫人：会啊！有他受的。要是他自己来了，我承认，我还会回去，去过你跟他为我安排的堕落生活 —— 我本来正要回去 —— 可是他自己在家里不动，却派你来传话 —— 哦！简直不成体统 —— 不成体统。

欧太太：（在台中央）温夫人，你太冤枉我了 —— 你太冤枉你丈夫了。他才不知道你在这儿呢 —— 他还以为你安然在自己家里。他以为你睡着了，在自己房里。你写给他的那封疯狂的留言，他根本没看到！

温夫人：（在台右）根本没看到！

欧太太：没有啊 —— 他什么也不知道。

温夫人：你把我看得太天真了！（走向她）你在骗我！

欧太太：（忍住）我没有。我说的是实话。

温夫人：如果我丈夫没看到信，你怎么会来这儿呢？谁告诉你我离家了，离开你无耻闯入的那个家了？谁告诉你我去了什么地方呢？我丈夫告诉你的，而且派你来骗我回去。（走到台左。）

欧太太：（在台右中央）你的丈夫根本没看到那封信。是我 —— 看到，我拆了。我 —— 读了。

温夫人：（转身对她）你拆了我写给自己丈夫的信？谅你也不敢！

欧太太：敢！哦！你正向深渊里跳，为了救你出来，世界上没有一件事是我不敢的，无论是哪一件事。信在这里。你的丈夫根本没看过。他根本看不到了。（走向壁

炉）这封信根本就不该写的。（把信撕
碎，投入火中。）

温夫人：（声调和表情都极端鄙夷）我怎么知道
那就是我的信呢？你似乎以为，用最普
通的手段都骗得过我！

欧太太：哦！为什么我告诉你的话你一概不信
呢？我来这里是为了救你呀，免得你彻
底毁灭，免得你担当铸成大错的后果，
除了这些，你以为我还有什么目的吗？
现在烧的正是你的信，我向你发誓！

温夫人：（缓慢地）你故意乘我来不及检查，就
把它烧了。我信不过你。你自己的一生
都是谎言，怎么能说出一句真话来呢？
（坐下。）

欧太太：（焦急地）不管你怎么想我 —— 也不管
你怎么说我，回去吧，回到你心爱的丈
夫身边去吧。

温夫人：（阴沉地）我才"不"爱他呢！

欧太太：你爱的，你也知道他爱你。

温夫人：他才不懂什么是爱呢。他对爱的了解，跟你一样有限——不过我看得出你的企图。把我弄回去，对你大有好处。天哪！到时候我会过什么样的日子啊！我的日子要听命于一个没有善心也绝无怜悯的女人，这样的女人，见到了令人羞耻，认识了令人堕落，这样的坏女人，把人家的丈夫跟妻子拆开！

欧太太：（做绝望的手势）温夫人，温夫人，别说得这么难听吧。你不知道这些话多难听，不但难听，而且不公平。听我说，你必须听我说！只要你回到丈夫身边，我就答应你，绝不找任何借口再和他来往——绝不再见他——绝不再和他的或你的生活有任何纠葛。他给我钱，不是为了爱，而是为了恨，不是表示崇拜，而是表示鄙夷。我对他的

影响 ——

温夫人：（起身）啊！你也承认你对他有影响！

欧太太：是啊，我也可以告诉你，影响在哪里。在他对你的爱里，温夫人。

温夫人：你指望我相信这话吗？

欧太太：你不能不相信！这是真话。就是因为爱你，他才不得不接受 ——哦！随你怎么称呼，压迫啦，威胁啦，随你怎么叫。总之因为他爱你。他的苦心是要为你挡掉 ——羞耻，对，羞耻和无颜。

温夫人：你这是什么意思啊？你太放肆了！我跟你有什么关系？

欧太太：（谦卑地）毫无关系。我知道 ——可是我得告诉你，你的丈夫是爱你的 ——这种爱你也许一辈子不会再遇见 ——以后绝不会再遇见了 ——如果你把它抛弃，总有一天你渴望有人来爱你却得不到爱，哀求要人来爱你，却被拒绝——哦！亚瑟爱的是你！

温夫人：亚瑟？你还跟我说，你们之间没有什么呢？

欧太太：温夫人，皇天在上，你的丈夫问心无愧，什么对不起你的事都没做！而我呢——告诉你，当初我如果料到你疑起心来这么可怕，我宁可去死，也不愿闯进你的或者他的生命——哦！宁可去死，甘心去死！（走向台右的沙发。）

温夫人：你说得真像有良心。你这样的女人根本没良心。你根本没有心肝。你跟别人只有买卖。（坐在台左中央。）

欧太太：（感到震惊，做出痛苦的手势。旋即自抑，走到温德米尔夫人坐处。一面说话，一面向她伸过手去，却不敢碰到她）你爱怎么想我，随你。我完全不值得别人为我难过。可是别为了我而毁掉你美丽的青春！你根本不知道会有什么下场，除非你立刻离开这屋子。你不知道掉进这陷阱是什么滋味，被人鄙视、嘲弄、遗弃、嗤笑——被社会放逐！到处吃闭门羹，逼得只好从偏街陋巷爬进爬出，深怕随时会被人揭开面具，一辈子都任人讥笑，听大众可怕的笑声，比流尽全世界的泪水更加悲惨。你根本不知道那滋味。一个人作了孽是要付代价的，付了又付，一辈子都付不清。这种苦头你千万吃不得。——至于我，如果受罪能算是赎罪，那，不管我犯过多少错，这一刻我已经赎完罪了；因为今晚你已经教一个没有良心的人有了良心，有了良心却又心碎了。——不过，别提了。我也许已经毁了自己一辈子，可是不能让你毁了你一辈子。你啊——唉，你还是一个女孩子，你会沉沦的。有的女人能卷土重来，那种头脑你没有。你既无那种心机，也没有那种胆量。你根本受不得羞辱！不行的！你回去吧，温夫人，回到爱你也被你所爱的丈夫身边。你还有一个孩子呢，温夫人。回到孩子身边去吧，就在此刻，不论是为了痛苦或是欢悦，他也许正叫着你呢。（温夫人起身）那孩子是上帝赐给你的。上帝给你的任务，是保障那孩子过好日子，要你照顾他。万一他一辈子毁在你的手上，你对上帝怎么交代呢？回家去吧，温夫人——你的丈夫爱着你呢！他对你的爱从来没有变过。就算他别恋过千次，你也必须守住那孩子。如果他对你凶狠，你必须守住那孩子。如果他虐待你，你必须守住那孩子。如果他遗弃了你，你的身份也是跟孩子在一起。

（温德米尔夫人哭了起来，双手掩面。）

欧太太：（向她奔去）温夫人！

温夫人：（无助地向她伸手，有如小孩）带我回去。带我回去吧。

欧太太：（正想抱她，旋即自抑，脸露惊喜之情）走吧！你的披风在哪里？（从沙发上拿起披风）拿去。披上吧。赶快走！

（两人走向门口。）

温夫人：等一下！你听到人声没有？

欧太太：没有，没有啊！一个人也没有！

温夫人：有啊，有人！你听！啊！那是我丈夫的声音！他进来了！救救我！哦，这是阴谋！是你派人叫他来的。

（外面传来人声。）

欧太太：别叫啊！我是来这里救你的，尽我所能。可是只怕来不及了！去那边！（指着拉上的落地窗幔）一有机会就溜走，别错过！

温夫人：可是你呢？

欧太太：哦！不用管我了。由我来对付。

（温德米尔夫人躲入幔后。）

奥大人：（在外面）胡说，温德米尔，不准你一
个人走！

欧太太：奥大人！那，轮到我完蛋了！（犹豫
了片刻，四顾之余，见到右门，从右
门下。）

（达林顿勋爵，邓比先生，温德米尔
勋爵，奥古斯都勋爵，格瑞安先生
同上。）

邓　比：真讨厌，这么早就把我们赶出俱乐部来
了！才两点而已。（颓然坐倒）夜晚的
热闹才开始呢。（呵欠，闭眼。）

温大人：达大人，多谢你让奥古斯都把大伙儿硬
带到府上来，不过，只怕我不能久留。

达大人：真的吗！太扫兴了！抽一根雪茄好吗？

温大人：谢谢！（坐下。）

奥大人：（对温德米尔勋爵）好小子，你别妄想
　　　　开溜。我有好多话要跟你说，真该死，
　　　　还都是要紧话。（靠近他，坐在台左的
　　　　桌旁。）

格瑞安：哦！大家都知道是为什么！老公羊说来
　　　　说去，都离不开欧琳太太。

温大人：嗯，那不关你的事吧，赛西尔？

格瑞安：完全无关！所以才吸引我呀。我自己的
　　　　事总是把我烦死。我宁可管别人的事。

达大人：喝点什么酒吧，弟兄们。赛西尔，你来
　　　　杯威士忌苏打吧？

格瑞安：谢谢。（和达林顿勋爵一同走去桌旁）
　　　　欧琳太太今晚真漂亮，对吧？

达大人：我可不是她的仰慕者。

格瑞安：我一向也不是，现在是了。哈！她当真
　　　　指使我把她介绍给倒霉的凯罗玲好姑
　　　　妈。我相信她会去姑妈家午餐的。

达大人：（讶然）不会吧？

格瑞安：她会哟，真的。

达大人：对不起，弟兄们。我明天出国，得去写几封信。（走到书桌前，坐下。）

邓　比：好聪明的女人，欧琳太太。

格瑞安：好啊，邓比！我还以为你睡着了。

邓　比：我是呀，我通常都是的！

奥大人：这女人聪明绝顶。完全摸透了我是个多么该死的傻瓜——透彻得就像我了解自己一样。

（格瑞安笑呵呵地走向他。）

奥大人：啊，你笑吧，好小子，可是能碰上这么一个彻底了解我的女人，这件事真了不起啊。

邓　比：这件事才真危险呢。到头来总是娶这么一个。

格瑞安：可是老公羊，我还以为你再也不会去看她了呢！是呀！昨晚在俱乐部你还对我这么说的。你说你听人说——（对他耳语。)

奥大人：哦，那件事她已经解释过了。

格瑞安：还有威斯巴登那件风流事呢？

奥大人：那件事她也解释过了。

邓　比：还有她的收入呢，老公羊？她也交代了吗？

奥大人：（语气十分认真）明天她会解释。

（格瑞安走回台中央的桌旁。）

邓　比：唯利是图得可怕，现在的女人。我们的祖母那一代，不用说，会傻得对风车丢帽子，可是天哪，她们的孙女这一代，对着风车丢帽子的时候，还要先看那风车会不会吹出钱来。

奥大人：你想把她说成一个坏女人啊。她可不是！

格瑞安：哦！坏女人给我麻烦。好女人令我厌烦。这就是她们唯一的不同。

奥大人：（喷出一口雪茄烟）欧琳太太有的是

前途。

邓　比：欧琳太太有的是沧桑。

奥大人：我喜欢女人有沧桑。跟她们谈话，总是
　　　　有趣得要命。

格瑞安：哼，那你跟"她"的话题可多了，老公
　　　　羊。（起身向他走去。）

奥大人：好小子，你愈来愈讨人厌了；你简直讨
　　　　厌得要死。

格瑞安：（双手按住他的肩头）好了，老公羊，
　　　　你已经失去了腰身，也已经失去了名
　　　　誉。别再失去涵养了；你的涵养本来就
　　　　不多。

奥大人：好小子，我要不是伦敦最好脾气的
　　　　人哪——

格瑞安：那我们就会更敬重你，对吗，老公羊？
　　　　（踱开。）

邓　比：这年头年轻人真荒唐，对染发毫无敬
　　　　意。（奥古斯都勋爵愤然回顾。）

格瑞安：欧琳太太对老公羊倒很有敬意。

邓　比：那么，欧琳太太倒是为所有的女人树了
　　　　个好榜样。这年头，许多女人对不是丈
　　　　夫的男人，手段都野蛮极了。

温大人：邓比，你简直荒谬；而赛西尔呢，你也
　　　　是信口开河。不要再说欧琳太太了。你
　　　　们对她其实一无所知，却老是说人家
　　　　坏话。

格瑞安：（走向他，到台左中央）我的好亚瑟
　　　　呀，我从来不说人坏话的。"我"只说
　　　　闲话。

温大人：坏话跟闲话有什么不同？

格瑞安：哦！闲话多有趣呀！历史嘛不过是闲
　　　　话。可是在道学家的嘴里，闲话变得沉
　　　　闷乏味，就成了坏话。哼，我从来不讲
　　　　仁义道德。满口道德的男人，通常都是
　　　　伪善，而满口道德的女人呢，毫无例
　　　　外，一定是相貌平庸。天下最不配女人

的一样东西，就是不信国教的良心了。幸好，女人大半都明白这道理。

奥大人：我正有同感，好小子，正有同感。

格瑞安：你这么说真扫兴，老公羊；每当有人跟我看法一致，我总觉得我一定错了。

奥大人：好小子，我在你这年纪啊——

格瑞安：可是你从没像我这年纪，老公羊，以后也绝对不会。（从台前走到台中央）我说，达林顿，大家来玩牌吧。亚瑟，你来玩吗？

温大人：不了，赛西尔，谢谢你。

邓　比：（叹一口气）老天爷！男人结了婚真完蛋啦！婚姻像抽烟一样令人颓丧，而且比抽烟贵得多。

格瑞安：你当然要玩吧，老公羊？

奥大人：（在桌前自斟了一杯白兰地苏打）不行呀，好小子。我答应过欧琳太太绝对不再玩牌、喝酒的。

120

格瑞安：好了，我的老公羊，不要被人家引入美
德的歧途吧。一经改造呀，你就变得了
无情趣。女人最糟就是这一点。她们总
要我们变好。我们真变好了，见到我
们，她们反而一点也不爱我们了。她们
其实希望我们坏得不可救药，结果却害
我们好得全不可爱。

达大人：（在台右桌前写完了信，起身）她们总
觉得我们很坏！

邓　比：我不认为我们很坏。我认为我们都很
好，除了老公羊。

达大人：也不是，我们全掉在阴沟里，可是有些
人却仰望着星光。（坐在台中央桌旁。）

邓　比：我们全掉在阴沟里，可是有些人却仰望
着星光呀？真是的，达林顿，今晚你倒
浪漫得很。

格瑞安：太浪漫了！你一定是在恋爱。那小姐
是谁？

达大人：我爱的女人身不由己，或者自以为身不由己。（说着，不由瞥了温德米尔勋爵一眼。）

格瑞安：那么，是有夫之妇了！天下没有比结了婚的女人更认真的了。这种事情，做丈夫的一点也不懂。

达大人：哦！她并不爱我。她是个好女人。我一生只见过这么一个好女人。

格瑞安：你一生只见过这么一个好女人？

达大人：对！

格瑞安：（点一支烟）哼，算你运气好！唉，好女人我见过千百个。我好像从来没见过女人是不好的呢。世上的好女人简直是满坑满谷。认识好女人，已成了中产阶级的一种教育了。

达大人：这个女人纯洁而又天真。我们男人丧失的一切，全在她的身上。

格瑞安：好小子，我们男人戴着纯洁和天真满街跑，究竟有什么用处呢？好好挑一朵花戴在衣襟上，管用得多了。

邓　比：那她真的不爱你啊？

达大人：对啊，她根本不爱我。

邓　比：恭喜你了，好小子。世上只有两种悲剧。一种是求而不得，另一种是求而得之。后面这一种惨多了；后面这一种才是真正的悲剧！不过听你说她不爱你，我倒很感兴趣。对于不爱你的女人，你能爱她多久呢，赛西尔？

格瑞安：对不爱我的女人吗？哦，爱她一辈子！

邓　比：我也是。可是这种女人难得一见。

达大人：你怎么这样自负呢，邓比？

邓　比：我说这话，不是自负，而是自恨。我一直被女人发狠地、发疯地爱着。真令人难过，无聊极了。但愿能让我偶尔留一点时间给自己。

奥大人：（回顾）留点时间来教育你自己吧。

邓　比：不，留点时间来忘掉我学会的一切。老公羊，这一点更加重要。（奥古斯都勋爵在椅上不安地扭动。）

达大人：你们这批犬儒派的家伙！

格瑞安：犬儒派是怎么一回事啊？（坐在沙发背上。）

达大人：这种人什么东西都知道价钱，可是没一样东西知道价值。

格瑞安：而伤感派呢，我的好达林顿，什么东西都看得出荒谬的价值，可是没一样东西知道市价。

达大人：赛西尔，你总是逗人开心。听你的高论，倒像是经验老到。

格瑞安：我正是如此。（走向台后方，直到壁炉前。）

达大人：你太年轻啦！

格瑞安：大谬不然。经验要看对人生有没有直觉。我有。老公羊没有。老公羊把自己

犯的错，全叫做经验。如此而已。（奥
古斯都勋爵愤然回顾。）

邓　比：每个人犯了错，都自称是经验。

格瑞安：（背着壁炉站立）什么错误都不该犯的。
（看到沙发上温德米尔夫人的扇子。）

邓　比：要没有错误，人生就太无聊了。

格瑞安：你对于自己爱上的这个女人，这个好女
人，达林顿，想必是非常忠贞的啦？

达大人：赛西尔，你要是真爱上一个女人，就
觉得世界上所有的女人都变得毫无意
义了。爱情能改变人——"我"已经
变了。

格瑞安：哎呀！真是有趣！老公羊，我有话跟你
说。（奥古斯都勋爵不加理会。）

邓　比：跟老公羊谈什么都没用的。倒不如对一
面砖墙去谈。

格瑞安：我倒喜欢对一面砖墙说话——世界上
只有这东西绝对不会跟我唱反调！老

公羊！

奥大人：嗯，什么事？什么事？（起身，走向格瑞安。）

格瑞安：到这边来。我特别要跟你讲。（私语）达林顿一直在说教，讲什么爱情纯洁的那一套，可是他房间里却一直藏了女人。

奥大人：不会吧，真是的！真是的！

格瑞安：（低声）没错，那是女人的扇子。（指指扇子。）

奥大人：（咯咯而笑）天哪！天哪！

温大人：（走近门口）达大人，现在我真得走了。你这么快就要离开英国了，真扫兴。回国的时候一定要来看我们啊！内人和我都随时欢迎！

达大人：（送温德米尔勋爵到戏台的上方）只怕我这一走会去很多年。晚安！

格瑞安：亚瑟！

温大人：什么事？

格瑞安：我有句话要告诉你。不行，你得过来！

温大人：（穿上外套）不行——我走了！

格瑞安：这件事非比寻常。你会很感兴趣。

温大人：（微笑）又是你的胡闹吧，赛西尔。

格瑞安：不是的！真的不是。

奥大人：（走向他）好小子，你还不能走。我有
　　　　许多话要跟你说。赛西尔有样东西给你
　　　　看呢。

温大人：（走过去）哼，什么东西？

格瑞安：达林顿房间里有个女人。这是她的扇
　　　　子。真有趣吧？（稍停。）

温大人：好啊！（一把抓住扇子——邓比起身。）

格瑞安：怎么啦？

温大人：达大人！

达大人：（回身）嗯！

温大人：我太太的扇子怎么在你房里？你放手，
　　　　赛西尔。别碰我。

达大人：尊夫人的扇子？

温大人：不错，这就是。

达大人：（走向他）我不知道！

温大人：你当然知道。我要你解释。（对格瑞安）别抓住我，你这笨蛋。

达大人：（旁白）她还是来了！

温大人：说呀，达大人！我太太的扇子凭什么在这里？答话呀！我发誓要搜你的房间，要是我太太真在这儿，我就——（起步。）

达大人：不准你搜我的房间。你没有资格搜。我不准你！

温大人：你这混蛋！不搜遍每一个角落，休想我离开！窗帘后面是什么东西在动？（冲向中央的窗帘。）

欧太太：（从右门上）温大人！

温大人：欧琳太太！

（众人都吃了一惊，转过头去。温德米

尔夫人从窗帘背后溜出，潜出左门。）

欧太太：恐怕是我今晚离开府上，一时误认，错

拿了尊夫人的扇子了。真是抱歉。

（从他手里取走扇子。温德米尔勋爵对

她鄙视。达林顿勋爵的表情兼有惊讶与

愤怒。奥古斯都勋爵别过脸去。其余二

人相对而笑。）

幕 落

第四幕

THE FOURTH ACT

布　景：与第一幕相同。

温夫人：（躺在沙发上）我怎么能告诉他呢？我不能告诉他。否则我就没命了。不知道我逃出那可怕的房间以后，情况是如何。也许她对大家说明了她在场的真正原因，还有那把——我那把要命的扇子真正的用意。哦，万一他知道了——我怎么还有脸见他啊？他再也不会饶我的。（按铃）我们自以为日子过得太太平平——诱惑、罪恶、愚蠢，都与我无关。可是突然之间——哦！人生真是可怕。是人生在支配我们，不是我们在支配人生。

（罗莎莉自右门上。）

罗莎莉：夫人按铃叫我吗？

温夫人：是啊。你弄清楚温大人昨晚什么时候回来的吗？

罗莎莉：老爷一直到五点钟才回来。

温夫人：五点钟。今早他敲过我的房门，是吧？

罗莎莉：是的，夫人——九点半的时候。我告诉老爷说，夫人您还没醒来。

温夫人：他怎么说？

罗莎莉：像是提到夫人您的扇子。我不太听得懂老爷的话。是扇子掉了吗，夫人？我找不着，派克也说，哪一间房里都没有。他找遍了所有的房间，连露台也看过。

温夫人：没关系。告诉派克，别费事了。你下去吧。（罗莎莉下。）

温夫人：（起身）她一定告诉亚瑟的。我能想象，一个人做了一件自我牺牲的壮举，做得自然、率性而又高贵——事后却发现代价太高了。不是她毁了，就是我毁了，凭什么她要犹豫呢？……好奇

132

怪啊！我恨不得在自己家里当众羞辱她。而她，为了救我，却在别人的家里当众承担羞辱。万事万物，都隐含辛酸的讽刺，世俗所谓的好女人和坏女人，正是如此……哦，教训得好！可惜的是，人生的教训，只有到用不着了，我们才学得会！就算她不说吧，我也非说不可。哦，真丢人啊真丢人。说出来，等于是再做一遍。人生的悲剧，先是行动，然后是言语。言语恐怕更惨。言语不留情面……哦！（惊见温德米尔勋爵上。）

温大人：（吻她）玛格丽特 —— 你脸色好苍白！

温夫人：我睡得很不好。

温大人：（和她并坐在沙发上）真对不起。我回来得太晚了，不想吵醒你。你哭了，亲爱的。

温夫人：是啊，我在哭，因为我有事要告诉你，

　　　　亚瑟。

温大人：乖宝宝，你不舒服啦。这两天你太忙
　　　　了。我们还是下乡去吧。你到了赛尔
　　　　比，就会好的。社交季节快完了。待在
　　　　城里也没用。可怜的宝贝！今天我们就
　　　　可以走，只要你高兴。（起身）赶三点
　　　　四十分的火车，毫无问题。我要拍电报
　　　　给范能。（走到桌前坐下，拟电报稿。）

温夫人：好吧；就今天走吧。不行；亚瑟，今天
　　　　我不能走。下乡之前，我得先见一个
　　　　人——她对我很好。

温大人：（起身，然后从沙发背后向前探身）对
　　　　你很好？

温夫人：还不止呢。（起身，走向他）我会告诉
　　　　你的，亚瑟，只要你爱我，像从前那样
　　　　爱我。

温大人：像从前那样？你不会又想起昨晚来的那
　　　　个鬼女人吧？（绕过沙发，坐在她右

边）你总不会还在疑神疑鬼 ——不会
吧，你不会的。

温夫人：我没有啦。我知道我错了，我真蠢。

温大人：昨晚你能接待她，真是好心 ——以后
可别再见她了。

温夫人：你为什么这样说？（稍停。）

温大人：（握住她的手）玛格丽特，我本来还以
为像欧琳太太这种女人啊，不过是像俗
话里所说的那样，受罪还比犯罪多。我
还以为她有心向善，只想恢复因为一时
糊涂而失去的地位，重新规矩做人呢。
我信了她的话 ——我看错人了。她是
坏 ——女人里头最坏。

温夫人：亚瑟呀亚瑟，无论什么女人，都别把人
家说得这么刻毒。现在我可不相信，能
把人分成善恶，俨然像两种不同的种族
或是生物。所谓好女人，也可能隐藏
着可怕的东西，诸如轻率、武断、妒

忌、犯罪之类的疯狂心情。而所谓坏女
人呢，心底也会有悲伤、忏悔、怜悯、
牺牲。我可不认为欧琳太太是个坏女
人——我知道她不是。

温大人：乖宝宝，那女人简直不堪。不管她要怎
么害我们，你都不可以再跟她见面。什
么人家她都不配去。

温夫人：可是我要见她啊。我要她来这儿。

温大人：绝对不行！

温夫人：以前她来做"你的"客人。现在她必须
来做"我的"客人。这才公平呀。

温大人：她根本就不该来的。

温夫人：（起身）现在才这么说，亚瑟，太迟了。
（走开。）

温大人：（起身）玛格丽特，要是你知道，欧琳
太太昨晚离开我们家以后又去了哪里，
你就不屑和她同房共席了。简直是寡廉
鲜耻，这整个事件。

温夫人：亚瑟，我再也受不了了。我必须告诉你。昨晚哪——

（派克持托盘上，呈递温德米尔夫人的扇子，还有一张名片。）

派　克：欧琳太太来访，昨晚她误拿了夫人您的扇子，特来奉还。欧琳太太的名片上还有附言。

温夫人：哦，请欧琳太太劳驾上这边来吧。（看名片）说我欢迎她光临。（派克下）她要来见我呢，亚瑟。

温大人：（取阅名片）玛格丽特，"求求"你，别见她。无论如何，让我先去见她吧。这女人非常阴险。我见识过的女人，数她最阴险了。你根本不知道轻重。

温夫人：我应该见她，不会错的。

温大人：宝宝，你再走一步就可能大祸临头。不要自讨苦吃了。你见她以前，绝对有必要让我先见她。

温夫人：凭什么有此必要？

　　　　（派克上。）

派　克：欧琳太太来访。

　　　　（欧琳太太上。派克下。）

欧太太：温夫人，您好。（对温德米尔勋爵）您
　　　　好。您知道吗，温夫人，为了您的扇子
　　　　我有多抱歉。真不懂我怎么会错得这么
　　　　离谱。实在蠢透了。既然我顺路车过，
　　　　一想，还不如乘机亲自奉还您的宝贝，
　　　　为我的粗心大意郑重致歉，同时也来
　　　　辞行。

温夫人：辞行？（和欧琳太太缓步向沙发，陪她
　　　　坐下）那你是要远行啰，欧琳太太？

欧太太：是呀，我准备再定居国外。英国的气候
　　　　我不适应。在国内我的 —— 心脏会受
　　　　影响，我很担心。我宁愿住到南方去。
　　　　伦敦的雾跟正人君子太多了，温大人。
　　　　到底是雾带来了正人君子，还是正人君

子带来了雾，我不知道，可是这一套啊烦死人了，所以今天下午我就搭俱乐部包的火车走了。

温夫人：今天下午？本来我好想来拜访你的。

欧太太：您太客气了！只怕我非走不可。

温夫人：欧太太，我再也见不到你了吗？

欧太太：只怕是不行。我们的命天南地北呢。可是有一件小事，希望您成全我。我要一张您的玉照，温夫人——您可以见赠么？您不知道，我有了一张会有多高兴。

温夫人：噢，当然可以。那边桌上就有一张。我去拿给你看。（走向书桌。）

温大人：（走到欧琳太太面前低语）昨夜胡来还不够，又闯来这里，你简直荒唐。

欧太太：（欣然自得地一笑）我的好温德米尔，先讲礼貌，再论德操！

温夫人：（回座）恐怕这一张照得太好了——我

可没有这么漂亮啊。（递过照片。）

欧太太：您本人漂亮多了。可是有没有一张是您
　　　　本人跟小男孩合照的呢？

温夫人：有啊。你比较喜欢这样的一张吗？

欧太太：是啊。

温夫人：我就去拿给你吧，失陪一下。我楼上有
　　　　一张。

欧太太：真抱歉，温夫人，让您这么麻烦。

温夫人：（走向右门）哪里话，欧琳太太。

欧太太：真多谢。

　　　　（温德米尔夫人从右门下。）

欧太太：今早你似乎有点脾气，温德米尔。何必
　　　　呢？玛格丽特跟我很合得来呀。

温大人：我可见不得你跟她在一起。再加，欧琳
　　　　太太，你还没有把真相告诉我呢。

欧太太：你是说，我还没有把真相告诉"她"吧。

温大人：（站在台中央）有时候真恨不得你告诉
　　　　过她了。那样的话，这六个月来的痛

苦、焦虑、烦恼，我也就不必受了。只为了不让我太太知道——从小，大人就教她相信已经死了的母亲，她曾经哀伤悼念的亡母，其实还活着，其实是一个离了婚、化了名，到处活动的女人，一个在世间巧取豪夺的坏女人，正如我现在把你看透的这样——只为不让她知道这些，我甘愿供给你金钱，去付一张又一张的账单，买一件又一件的奢侈品，还得担当像昨天那样的风险，跟我太太生平第一次吵架。你不懂这件事对我有多重大。你凭什么会懂呢？可是告诉你吧，她那张甜嘴吐出来的气话，全都是维护你的，我真不甘心看你跟她在一起。你玷污了她内心的清纯。（缓步到台左中央）还有，我以前总认为，不管你有多少缺点，你还是坦诚而光明的。你不是这样。

欧太太：为什么你这样说呢?

温大人：你逼迫我给你请帖，来参加我太太的
舞会。

欧太太：参加我女儿的舞会 —— 不错。

温大人：你来了，可是你走出我家还不到一个
钟头，又在一个男人的寓所给人撞
见 —— 在众人的面前丢尽了脸。（走
到台中央。）

欧太太：没错。

温大人：（转身厉色对她）所以我有资格看穿你
的真面目 —— 一个卑鄙的坏女人。我
有资格不许你再踏进我家，不许你再千
方百计来接近我太太 ——

欧太太：（冷然）你是说，我女儿。

温大人：你没有资格认她做女儿。早在她睡摇
篮的时代，你就离开了她，抛弃了她，
去投奔你的情人，而结果却被你情人
抛弃。

欧太太：（起身）我被人抛弃，温大人，你认为是他对呢，还是我对？

温大人：他对，因为我看透了你。

欧太太：你小心点——你说话还是小心点好。

温大人：哼，我才不对你讲客套话呢。我把你看得一清二楚。

欧太太：（对他熟视）我看未必。

温大人：我"当然"看透了你。你这一辈子，足足有二十年不跟你孩子在一起，也从来没想到你孩子。忽然有一天你看报，知道她嫁了一个有钱人。你发现这是你耍赖的机会。你知道，为了不让她蒙羞，不让她发现，自己的母亲竟然是你这样的女人，我什么都可以忍受。于是你开始敲诈。

欧太太：（耸肩）不要说得这么难听吧，温德米尔。太不文雅了。没错，我看准机会来了，就一把抓住。

温大人：是啊，给你抓住了——而昨晚被人撞
　　　　见，又给你毁掉了。

欧太太：（带着奇异的笑容）你说的一点不错，
　　　　我昨晚全毁掉了。

温大人：至于你在我家拿错了我太太的扇子，然
　　　　后又随手掉在达林顿的房里，更是不可
　　　　原谅。我已经见不得这把扇子了，更不
　　　　愿我太太拿来使用。在我眼里这东西
　　　　已经脏了。你应该自己留下，不该送回
　　　　来的。

欧太太：我想我是该留下。（走向戏台后部）真
　　　　是漂亮极了。（拿起扇子）我会请求玛
　　　　格丽特把它送给我。

温大人：但愿我太太会送给你。

欧太太：哦，我敢说她不会不肯的。

温大人：每天晚上她在祷告以前，都会吻一张小
　　　　画像——画的是一位表情天真的少女，
　　　　一头美丽的"黑"发；但愿她把这东西

也一并送给你。

欧太太：啊，是的，我还记得。似乎好久以前了。（走向沙发，坐下）那是我结婚以前画的。黑头发和天真的表情当时正流行，温德米尔！（稍停。）

温大人：你今早来这里是什么意思呢？你有什么目的呀？（走到台左中央，坐下。）

欧太太：（语调带着自嘲）来告别我的宝贝女儿呀，当然。（温德米尔勋爵愤然咬住下唇。欧琳太太正视着他，声音和态度变得严肃。她滔滔地说下去，语调里透出深沉的悲剧。一时之间她流露出本色）哦，别以为我会闹出什么悲惨的场面，伏在她肩上哭诉，说我是谁，诸如此类情形。我并不奢望要扮演什么母亲的角色。一辈子只有一次，我体会了做母亲的心情。那就是昨夜。那种心情太可怕了——令我痛苦，痛苦得受不了。

整整二十年了，你说的，我的生活里
没有孩子——以后我仍然不想带着孩
子生活。（轻笑一声以掩饰心情）何况
啊，我的好温德米尔，我凭什么带着一
个成年的女儿，摆出做母亲的姿态呢？
玛格丽特已经二十一岁了，而我呢一直
还没有承认自己已经过了二十九，或至
多三十。二十九岁还有点红晕，一到
三十就消失了。所以你看，这会牵扯多
少麻烦。算了吧，就我而言，还不如让
你的夫人去怀念那位纯洁的亡母。我凭
什么去干扰她的幻觉呢？我发现，要保
住自己的幻觉，已经够难的了。昨晚我
已经失去了一个幻觉。以前我认定自己
没有心肝。现在我发现自己有了，而这
副心肝跟我不合，温德米尔。不晓得为
什么，心肝这东西呀，跟现代的衣装不
合，也令人看老。（从桌上拿起手镜自

照）而且啊，人有心肝，在紧要关头就
会断送自己的前途。

温大人：你令我满心厌恶 —— 厌恶透顶。

欧太太：（起身）我猜啊，温德米尔，你恨不得
我能遁入修道院里，或者进医院去做护
士，诸如此类下场，像愚蠢的现代小说
里那些人物那样。你这么想就太笨了，
亚瑟；在现实生活里，这种事我们不做
的 —— 至少在风韵犹存的时候，不甘
去做。不会的 —— 这年头啊令人安慰
的不是忏悔，而是寻欢作乐。忏悔啊
早过时了。更何况，一个女人要是真
忏悔，就势必去找一个低级的裁缝，否
则谁也不相信她。无论是谁，都休想劝
我干这种事。算了吧，我就要完全退出
你们两人的生命了。当初进入你们的生
命，早就错了 —— 这道理我昨晚已想
通了。

温大人：错得要命。

欧太太：（微笑）差点要命。

温大人：现在我真可惜，当初没有原原本本，一口气告诉了我的太太。

欧太太：我懊悔做了坏事。你懊悔做了好事——我们的差别在此。

温大人：我不信任你。我"要"告诉我太太。最好还是让她晓得，而且由我亲口来说。她会痛苦万分——也会无比地受辱，可是天公地道，她应该知道。

欧太太：你真打算告诉她吗？

温大人：我是准备要告诉她。

欧太太：（走到他面前）如果你真说了，我就会做出声名扫地的事来，令她一辈子没好日子过。这一来会毁了她，害死了她。如果你真敢对她说，那么，再深的堕落我也敢往里跳，再大的耻辱我也敢往里闯。你不可以告诉她——我不准。

温大人：为什么？

欧太太：如果我对你说，我关心她，甚至也爱她——你就会嘲笑我，对吗？

温大人：我会觉得你在说假话。母爱的意义是专一、无我、牺牲。你凭什么会了解这些呢？

欧太太：你说得不错。我凭什么会了解这些呢？所以我们别再谈这件事了——至于把我的身份告诉我女儿，我可不允许。这是我的秘密，不是你的。如果我下定决心要告诉她，我想我会的，我就会在离开府上之前先告诉了她——否则的话，我就绝口不再提。

温大人：（愤然）那就求求你，立刻离开我家吧。我代你向玛格丽特致歉好了。

（温德米尔夫人从右门上。她手里拿着照片，一直走到欧琳太太面前。温德米尔勋爵移到沙发背后，不安地观察着欧琳太太，静待情况发展。）

温夫人：欧琳太太，真抱歉，让你久等了。我到
　　　　处都找不到这张照片。最后还是在我丈
　　　　夫的化妆室里发现的 —— 是他偷走的。

欧太太：（从她手中接过照片细看）怪不得
　　　　他 —— 太可爱了。（和温德米尔夫人
　　　　一同走向沙发，坐在她的身旁。再看照
　　　　片）原来这就是您的小男孩! 叫什么名
　　　　字呢?

温夫人：吉瑞德，跟着我父亲取的。

欧太太：（放下照片）真的?

温夫人：是啊。如果生的是女孩，我就会用我母
　　　　亲的名字来取。我母亲的名字跟我一
　　　　样，叫玛格丽特。

欧太太：我的名字也叫玛格丽特。

温夫人：真巧!

欧太太：是啊。（稍停）您的丈夫对我说，温夫
　　　　人，说您对母亲的怀念很深。

温夫人：每个人都有人生的理想。至少每个人都
　　　　应该有。我的理想就是我母亲。

欧太太：理想是危险的东西。还是现实比较好。
　　　　尽管现实会伤人，还是好过些。

温夫人：（摇头）如果我失去了理想，就会失去
　　　　一切。

欧太太：失去一切？

温夫人：是啊。（稍停。）

欧太太：您父亲以前常对您提起您母亲吗？

温夫人：没有，这件事令他太痛苦了。他说，我
　　　　生下来才几个月，我母亲就去世了。他
　　　　说着说着，就流泪了。然后他又要求
　　　　我，以后在他面前，千万别再提母亲的
　　　　名字。就连听到那名字，也令他痛苦。
　　　　我的父亲 —— 我父亲的确是伤心死的。
　　　　我没见过谁一生比他更落魄潦倒。

欧太太：（起身）温夫人，恐怕我现在得走了。

温夫人：（起身）哦不要，不要走。

欧太太：我想我还是就走吧。我的马车此刻想必
　　　　回来了。刚才我派去贾德保夫人那边送
　　　　封信的。

温夫人：亚瑟，请你去看看欧琳太太的马车回来
　　　　了没有，好吧？

欧太太：请别费事了，温大人。

温夫人：好了，亚瑟，劳驾去吧。

　　　　（温德米尔勋爵犹豫了片刻，然后又
　　　　注视欧琳太太。她毫无反应。他走出
　　　　房去。）

温夫人：（对欧琳太太说）哦！我该怎么说呢？
　　　　昨晚你救了我。（走向她。）

欧太太：嘘——别提了。

温夫人：我非提不可。总不能让你以为，我会平
　　　　白接受你的牺牲呀。我不会。这牺牲太
　　　　重大了。我要把一切都告诉我丈夫。这
　　　　是我的责任。

欧太太：这不是你的责任——至少，在他以外

你对别人还有责任呢。你说你欠了我的
情是吗？

温夫人：我欠你的太多了。

欧太太：那就用沉默来偿还吧。只有这办法你可
以还债。我平生做过的这一件好事，你
可别说出去，把它糟蹋了。答应我，昨
晚发生的事情，永远是我们共有的秘
密。你千万不可以把灾难带进你丈夫的
生命。凭什么要糟蹋他的爱呢？千万不
可以糟蹋啊。要断送爱情，太容易了。
哦！好容易断送啊，爱情。向我发誓，
温夫人，说你永远不会告诉他。你一定
要做到。

温夫人：（低头）这可是你的心愿，不是我的。

欧太太：不错，这是我的心愿。还有，千万别忘
了你的孩子——我喜欢把你想成一位
做母亲的，也希望你把自己想成是做母
亲的。

温夫人：（抬头）从现在起我永远记得了。生平就这么一次，我忘了自己的母亲——就是昨晚。哦，如果我那时记起她来，就不会那么蠢、那么坏了。

欧太太：（微颤）嘘，昨晚的事早过去了。

（温德米尔勋爵上。）

温大人：欧琳太太，你的马车还没回来呢。

欧太太：没关系。我可以叫一辆双轮小马车。世界上没有什么东西比一辆苏式伯瑞的好车更体面的了。现在，亲爱的温夫人，恐怕真得告辞了。（走到台中央）哦，我记起来了。您会觉得我滑稽吧，可是您知道吗，我已经爱上这把扇子了；昨晚也真糊涂，竟然从您的舞会上把它匆匆带走了。哎，不知道您可愿意送给我？温大人说您可以送。我明白这是他的礼物。

温夫人：哦，当然了，只要它能逗你开心。不过上面有我的名字。上面刻着"玛格丽特"呢。

欧太太：可是我们的教名是一样的呀。

温夫人：哦，我忘了。那当然，就收下吧。真巧极了，我们竟然同名！

欧太太：太巧了。谢谢您 —— 见到扇子，我就会想起您。（和她握手。）

（派克上。）

派　克：奥古斯都勋爵来访。欧琳太太的马车到了。

（奥古斯都勋爵上。）

奥大人：早安，好小子。早安，温夫人。（见到欧琳太太）欧琳太太！

欧太太：您好，奥大人？今早您很不错吧？

奥大人：（冷然）很不错，谢谢你，欧琳太太。

欧太太：您的脸色一点也不好呢，奥大人。您睡得太晚了 —— 对身体很不好啊。您实在应该多多保重。再见，温大人。（对

奥古斯都勋爵领首，走向门口。忽然绽
开笑容，向他回顾）奥大人！劳驾您送
我上马车好吗？您可以帮忙拿扇子。

温大人：让我来！

欧太太：不行；我要奥大人。我有封专函要给公
爵夫人。您拿扇子好吗，奥大人？

奥大人：只要你真用得着我，欧琳太太。

欧太太：（笑了起来）当然要您帮忙了。由您来
掌握，一定高雅。无论您掌握什么，亲
爱的奥大人，都同样高雅的。

（她走到门口，回顾了温德米尔夫人一
眼。两人目光交接。然后她转过身去，
由中门下，后面跟着奥古斯都勋爵。）

温夫人：你再也不会说欧琳太太的坏话了吧，
亚瑟？

温大人：（正色）她比大家所想的是要好些。

温夫人：她比我还要好些。

温大人：（笑抚她的头发）宝宝，你跟她在两个

不同的世界。你的世界里根本闯不进罪恶。

温夫人：别这么说吧，亚瑟。芸芸众生共有的是同一个世界，善与恶、罪过与天真，都难分难解，在尘世里走过。为了过太平日子，就闭起眼睛，漠视另一半的人生，这种态度，等于自甘沦为瞎子，只为安然走过遍地的陷阱和悬崖。

温大人：（陪她缓步走向台前）宝贝，你说这些做什么？

温夫人：（坐在沙发上）因为我一直闭眼不看人生，曾经走到了绝境。而一个曾经把我们分开的人——

温大人：我们从未分开过。

温夫人：我们绝不再分开。哦，亚瑟，只要你不少爱我，我就会更信任你。我会完全信任你。我们去赛尔比乡下吧。赛尔比的玫瑰园里，此刻正开满白花跟红花。

（奥古斯都勋爵由中门上。）

奥大人：亚瑟，她把一切都解释清楚了。（温德米尔夫人闻言，大惊失色。温德米尔勋爵也一惊。奥古斯都勋爵拉着温德米尔勋爵的手臂，把他带到台前。他说得又快又低。温德米尔夫人站在后面，悚然注目）好小子，她把该死的前因后果都解释清楚了。大家完全冤枉了她。她去达林顿的寓所，全是为了我呀。先去俱乐部找我——其实，是要回我的话，免得我等得心焦——听说我刚走——就赶了过去——后来听到我们一大伙人进门，自然吓倒了——就躲到隔壁房间去——你放心，我是够满意的了，对整个事件。大家对她都太野蛮了。她正是我要的女人，什么都合我意。她只提出一个条件，就是住家要远离英国。这也很好。该死的俱乐部、该死的天

气、该死的厨子、该死的一切。早就烦
死了!

温夫人:(吃惊)欧琳太太已经 —— ?

奥大人:(走向她,深深鞠躬)是呀,温夫
人 —— 欧琳太太真赏脸,已经答应我
求婚了。

温大人:哼,你真是娶了一个绝顶聪明的女人!

温夫人:(握住丈夫的手)啊,你真是娶了一个
绝顶善良的女人!

幕 落

一九九二年二月一日译毕